中国现代经典美文书系

陈子善 蔡翔〇主编

张向东〇编选

人民文学出版社

图书在版编目(CIP)数据

虫/张向东编选. —北京:人民文学出版社,2012
(中国现代经典美文书系/陈子善,蔡翔主编)
ISBN 978-7-02-009147-8

Ⅰ. ①虫…　Ⅱ. ①张…　Ⅲ. ①散文集-中国-现代②散文集-中国-当代　Ⅳ. ①I266

中国版本图书馆CIP数据核字(2012)第071807号

总 策 划:黄育海
责任编辑:李明生
选题策划:尚　飞
封面设计:陈　楠
版式设计:高静芳

出版发行　人民文学出版社
社　　址　北京市朝内大街166号
邮政编码　100705
网　　址　http://www.rw-cn.com
印　　制　山东临沂新华印刷物流集团有限责任公司
经　　销　全国新华书店等
字　　数　160千字
开　　本　850×1168毫米　1/32
印　　张　7.25　插页3
版　　次　2012年6月北京第1版
印　　次　2012年6月第1次印刷
书　　号　978-7-02-009147-8
定　　价　20.00元

编辑例言

中国素来是散文大国,古之文章,已传唱千世。而至现代,散文再度勃兴,名篇佳作,亦不胜枚举。散文一体,论者尽有不同解释,但涉及风格之丰富多样,语言之精湛凝练,名家又皆首肯之。因此,在时下“图像时代”或曰“速食文化”的阅读气氛中,重读散文经典,便又有了感觉母语魅力的意义。

本着这样的心愿,我们对中国现当代的散文名篇进行了重新的分类编选。比如,春、夏、秋、冬,比如风、花、雪、月……等等。这样的分类编选,可能会被时贤议为机械,但其好处却在于每册的内容相对集中,似乎也更方便一般读者的阅读。

这套丛书将分批编选出版,并冠之以不同名称。选文中一些现代作家的行文习惯和用词可能与当下的规范不一致,为尊重历史原貌,一律不予更动。考虑到丛书主要面向一般读者,选文不再注明出处。由于编选者识见有限,挂一漏万在所难免,遗珠之憾也将存在。这些都只能在日后逐步弥补,敬请读者诸君多多指教。

目录

一

二

三

夏三虫

◎鲁迅

夏天近了，将有三虫：蚤，蚊，蝇。

假如有谁提出一个问题，问我三者之中，最爱什么，而且非爱一个不可，又不准像“青年必读书”那样的缴白卷的。我便只得回答道：跳蚤。

跳蚤的来吮血，虽然可恶，而一声不响地就是一口，何等直截爽快。蚊子便不然了，一针叮进皮肤，自然还可以算得有点彻底的，但当未叮之前，要哼哼地发一篇大议论，却使人觉得讨厌。如果所哼的是在说明人血应该给它充饥的理由，那可更其讨厌了，幸而我不懂。

野雀野鹿，一落在人手中，总时时刻刻想要逃走。其实，在山林间，上有鹰鹯，下有虎狼，何尝比在人手里安全。为什么当初不逃到人类中来，现在却要逃到鹰鹯虎狼间去？或者，鹰鹯虎狼之于它们，正如跳蚤之于我们罢。肚子饿了，抓着就是一口，决不谈道理，弄玄虚。被吃者也无须在被吃之前，先承认自己之理应被吃，心悦诚服，誓死不二。人类，可是也颇擅长于哼哼的了，害中取小，它们的避之惟恐不速，正是绝顶聪明。

苍蝇嗡嗡地闹了大半天，停下来也不过舐一点油汗，倘有伤痕或疮疖，自然更占一些便宜；无论怎么好的，美的，干净的东西,又总喜欢一律拉上一点蝇矢。但因为只舐一点油汗,只添一点腌臜,在麻木的人们还没有切肤之痛,所以也就将它放过了。中国人还不很知道它能够传播病菌,捕蝇运动大概不见得兴盛。它们的运命是长久的;还要更繁殖。

但它在好的,美的,干净的东西上拉了蝇矢之后,似乎还不至于欣欣然反过来嘲笑这东西的不洁:总要算还有一点道德的。

古今君子,每以禽兽斥人,殊不知便是昆虫,值得师法的地方也多着哪。

四月四日。

(1925年)

夏虫之什

◎缪崇群

楔　子

在这个火药弥天的伟大时代里，偶检破箧，忽然得到这篇旧作；稿纸已经黯黄，没头没尾，不知从何说起，也不知到何处为止，摩挲良久，颇有啼笑皆非之感。记得往年为宇宙之大和苍蝇之微的问题，曾经很热闹地讨论过一阵，不过早已事过境迁，现在提起来未免“夏虫语冰”，有点不识时务了。好在当今正是炎炎的夏日，对于俯拾即是的各种各样的虫子，爬的飞的叫的，都是夏之“时者”，就乐得在夏言夏，应应景物。即或有人说近乎赶集的味道，那好，也还是在赶呀。只是，童子雕虫篆刻，壮夫所不为罢了。

添上这么一个楔子，以下照抄。恐怕说不清道不明，就在每节后边添个名儿，庶免有人牵强附会当作谜猜，或怪作者影射是非云尔。

一

在小学和中学时代读过的博物科——后来改作自然和生

物科了，我所得到的关于这方面的知识似乎太少了。也许因为人大起来了，对于这些知识反倒忘记，这里能写得出的一些虫子，好像还是在以前课本上所看到的一些图画，不然就是亲自和他们有过交涉的。

最不能磨灭的印象是我在小学《修身》或《国文》课里所读过的一篇文章。大意说，有一个孩子，居然在大庭广众之前，他辨证了人的存在是吃万物，还是蚊子的存在为着吃人的这个惊人的问题。从幼小的时候到成年，到今日，我不大看得起人果真是万物的灵的道理，和我从来也并不敢小视蚊虫的观念，大约都受了他的影响。

偶翻线装书，才知道我少小时候所读的那一课，是出于列子的《说符篇》。为着我谈虫有护符起见，就附带把它抄出：

> 齐田氏祖于庭，食客千人，坐中有献鱼雁者，田氏视之，乃叹曰：
>
> “天之于民，厚矣！殖五谷，生鱼鸟，以为之用。”
>
> 众客和之如响。鲍氏之子年十二，预于次，进曰：
>
> “不如君言，天地万物，与我并生类也，类无贵贱，徒以小大智力而相制，迭相食，非相为而生之。人取可食者而食之，岂天本为人生之？且蚊蚋噆肤，虎狼食肉，非天本为蚊蚋生人，虎狼生肉者哉！？”（人虫泛论）

二

红头大眼，披着金光闪烁的斗篷，里面衬一件苍点或浓绿的贴身袄，装束得颇有些类似武侠好汉，但是细细看他的模样，却多少带着些乡婆村姑气。

也算是一种证实的集团的动物了,除了我们不能理解的他们的呼声和高调之外,每个举止丰度,都不失之为一个仪表堂堂的人物。

趋炎走势,视羶臭若家常便饭的本领,我们人类在他们之前将有愧色。向着光明的地方百折不回,硬碰头颅而无任何顾虑的这种精神,我们固然不及;至如一唱百和,飘然而来,飘然而去的态度,我们也将瞠乎其后的。

兢兢业业地,我从来不曾看见他们阖过一次眼,无时无刻不在磨拳擦掌地想励精图治的样子,偶尔难以两臂绕颈,作出闲散的姿式,但谁可以否认那不是埋头苦干挖空心机的意思。

遗憾的只是谁都对于他们的出身和居留地表示反感,甚至于轻蔑,谩骂,使他们永远诅咒着他们再也诅咒不尽的先天的缺陷。湮没了自身的一切,熙熙攘攘的度了一个短促的时季,死了,虽然也和人们一样的葬身于粪土之中。

人类的父母是父母,子弟是子弟,父母的父母是祖先——而他们的祖先是蛆虫,他们的后人也是蛆虫,这显然不同的原因,大约就是人类会穿衣吃饭,肚子饱了,又有遮拦,他们始终是虫,所以不管他们的祖先和后人也都是蛆了。

出身的问题,竟这样决定了每个生物的运命,我不禁惕然!

但无论如何,他总算是一员红人,炎炎时代中的一位时者,留芳乎哉!遗臭乎哉!(蝇)

三

想着他,便憧憬起一切热带的景物来。

深林大沼中度着寓公的生活，叫他是土香土色的草莽英雄也未为不可。在行一点的人们，却都说他属于一种冷血的动物。

花色斑斓的服装，配着修长苗条的身躯，真是像一个秀色可餐的女人，但偏偏有人说女人倒是像他。

这世界上多的是这样反本为末，反末为本的事，我不大算得清楚了。

且看他盘着像一条绳索，行走起来仿佛在空间描画着秀丽的峰峦，碰他高兴，就把你缠得不可开交，你精疲力竭了，他才开始胜利地昂起了头。莎乐美捧着血淋淋的人头笑了；他伸出了舌尖，火焰一般的舌尖，那热烈的吻，够你消受的！

据说他的瞳孔得天独厚，他看见什么东西都是比他渺小，所以他不怕一切的向前扑去，毫不示弱，也许正是因为人的心眼太窄小了，明明是挂在墙上的一张弓，映到杯里的影子也当作了他的化身，害得一场大病。有些人见了他，甚至于急忙把自己的屁眼也堵紧，以为无孔不入的他，会钻了进去丧了性命——其实是同归于尽——像这种过度的神经过敏症，过度的恐怖病，不是说明了人们是真的渺小吗？

幸亏他还没有生着脚，固然给画家描绘起来省了一笔事，可是一些意想不到的灵通，也就叫他无法实现了。

计谋家毕竟令人佩服，说打一打草也是对于他的一种策略。渺小的人们，应该有所憬悟了罢？

虽然，象征着中国历代帝王的那种动物，龙，也不过比他多生了几根胡须，多长了几条腿和爪子罢了。（蛇）

四

不与光明争一日的短长，永远是黑夜里的游客。在月光下的池畔，也常常瞥见他的踪影，真好像一条美丽的白鱼。细鳞被微风吹翻了，散在水上，荡漾着，闪动着。从不曾看见鬼火是一种什么东西的我，就臆测着他带着那个小小灯笼是以幽灵为膏烛的。

静静地凝视着他，他把星星招引来了，他也会牵人到黑暗的角落里去。自己仿佛眩迷了，灵魂如同披了一件轻细的纱衣，恍惚地溶在黑暗里，又恍惚地在空中飘舞了一阵，等回复了意识之后，第一就想把自己找回来，再则就要把他捉住。

在孩提的时候，便受了大人的告诫“飞进鼻孔里会送命”。直到如今仍旧切记不忘。我以为这种教训正是“寓禁于征”的反面的作用。

和“头悬梁，锥刺股”相媲美的苦读生的故事，使这个小虫的令名，也还传留在所谓书香人家的子弟耳里。

不过，如今想来，苦读虽好，企图这一点点光亮，从这个小虫子身上打算进到富贵功名的路途，却也未免抹煞风景了。我希望还是把它当一项时代参考的资料为佳。

欣喜着这个小虫子没有绝种——会飞的，会流的星子，夏夜里常常无言地为我画下灵感的符号；漂着我的心绪，现着，却不能再度寻觅的我所向往的那些路迹。

虽没有刺目的光明，可是他已经完成了使黑暗也成为裂隙的使命了。(萤)

五

“百足之虫，死而不僵。”多半是说着他了。

首尾断置，不僵，又该怎样？这个问题我是颇有提出来讨论一下的兴致的。就算他有一百只足，或是一百对足罢，走起来也并不见得比那一条腿都没有的更快些。我想，这不僵的道理，是“并不在乎”吗？那么腿多的到底是生路也多之谓么；或者，是在观感上叫人知道他死了还有那么多摆设吗？

有着五毒之一台衔的他，其名恐怕不因足而显罢？

亏得鸡有一张嘴，便成了他的力敌，管他腿多腿少，死而不僵，或是僵而不死；管他台衔如何，有毒无毒，吃下去也并没有翘了辫子。所以我们倒不必斤斤斥责说“肉食者鄙”的话了。(蜈蚣)

六

今天开始听见他的声音，像一个阔别的友人，从远远的地方归来，虽还没有和他把晤，知道他已经立在我的门外了。也使我微微地感伤着：春天，挽留不住的春天，等到明年再会吧。

谁都厌烦他把长的日子拖着来了，他又把天气鼓噪得这么闷热。但谁会注意过一个幼蛹，伏在地下，藏在树洞里……经过了几年甚至于一二十年长久的蛰居的时日，才蜕生出来看见天地呢？一个小小的虫豸，他们也不能不忍负着这么沉重的一个运命的重担！

运命也并不一定是一出需要登场的戏剧哩。

鱼为了一点点饵食上了钩子，岸上的人笑了。孩子们只要拿一根长长的杆子，顶端涂些胶水，仰着头，循着声音，便将他们粘住了。他们并不贪求饵食，连孩子们都知道很难养活他们，因为他们不能受着缚束与囚笼里的日子，他们所需要的惟有空气与露水与自由。

人们常常说“自鸣”就近于得意，是一件招祸的事；但又把不平则鸣当作一种必然的道理。我看这个世界上顶好的还是作个哑巴，才合乎中庸之道吧？

话说回来，他之鸣，并非“得已”，螳螂搏着他，也并未作声，焉知道黄雀又跟在他后面呢？这种甲被乙吃掉，甲乙又都被丙吃掉的真实场面，可惜我还没有身临其境，不过想了想虫子也并不比人们更倒霉些罢了。

有时，听见一声长长的嘶音，掠空而过，仰头望见一只鸟飞了过去，嘴里就衔着了一个他。这哀惨的声音，唤起了我的深痛的感觉。夏天并不因此而止，那些幼蛹，会从许多的地方生长起来，接踵地攀到树梢，继续地叫着，告诉我们：夏天是一个应当流汗的季候。

我很想把他叫作一个歌者，他的歌，是唱给我们流汗的劳动者的。（蝉）

七

桃色的传说，附在一个没有鳞甲的，很像小鳄鱼似的爬虫的身上，居然迄今不替，真是一件令人不可思议的事了！

守宫——我看过许多书籍，都没有找到一个真实可以显示他的妙用的证据。

所谓宫，在那里面原是住着皇帝，皇后，和妃子等等的一类神圣不可侵犯的人物——男的女的主子们，守卫他们的自然是一些忠勇的所谓禁军们，然而把这样重要的使命赋与一个小虫子的身上，大约不是另有其他的原故，就是另有其他的解释了。

凭他飞檐走壁的本领，看守宫殿，或者也能够胜任愉快。记得小时候我们常常捉弄他，把他的尾巴打断了，只要有一小截，还能在地上里里外外地转接成几个圈子，那种活动的小玩艺儿，煞是好看的，至于他还有什么妙用，在当时是一点也不能领悟出来。

所谓贞操的价值，现在是远不及那些男用女用的“维他赐保命”贵重，他只好爬在墙壁上称雄而已。

关于那桃色的传说，我想女人们也不会喜欢听的，就此打住。（壁虎）

八

胖胖的房东太太，带着一脸天生的滑稽相，对我说了半天，比了半天，边说边笑着，询问我那是一种什么东西。我不大领会她的全部的意思，因为那时我对于非本国语的程度还不够，可是我感到侮辱了，侮辱使我机智——

“那个东西么？东京虫哩。”我简单地回答出她比了半天，说了半天的那个东西。

她莫奈何地嘻嘻嘻……笑了，她明明知道我知道，而我故意地却给她了一个新的名字，我偏不能因为一个小小的虫名，也便使我们的国体沾了污点。

这还是十多年以前的一件事。

后来，每当我发现了这个非血不饱的小虫时，我总会给他任何的一种极刑；普通是捏死，踩死，或是烧死。有时想尽了方法给他凌迟处死。最后我看见他流了血，在一滴血色中，我才感到报复后的喜悦与畅快！

像这样侵略不厌，吃人不够的小敌人，我敢断定他们的发祥地绝不是属于我们的国土之上的。

某国人有句谚语：“‘南京虫’比丘八爷还厉害！”这么一说，就可想他们国度里的所谓“皇军”真面目之一斑了。把这个其恶无比的吃血的小虫子和军人相提并论起来，武士道……一类的大名词，也就毋庸代为宣扬了。我誉之为“东京虫”者，谁曰不宜？

听说这个小虫，在一夜之间，可以四世或五世同堂(床？)繁殖的能力，着实惊人了。

可怜的这个小虫子发祥地的国度里的臣民呀！(臭虫)

九

北方人家的房屋，里面多半用纸裱糊一道。在夜晚，有时听见顶棚或墙壁上司拉司拉的声响，立刻将灯一照，便可以看见身体像一只小草鞋的虫子，翘卷着一个多节的尾巴，不慌不忙地来了。尾巴的顶端有个钩子，形像一个较大的逗号。那就是他的自卫的武器，也是因为有了这么一个含毒的螯子，所以他的名望才扬大了起来。

人说他的腹部有黑色的点子，位置各不相同，八点的像张“人”牌，十一点的像张“虎头”……一个一个把他们集了起来，不难凑成一副骨牌——我不相信这种事，如同我不相信赌博可以赢钱一样。（倘如平时有人拿这副牌练习，那么他的赌技恐怕就不可思议了。）

有人说把他投在醋里，隔一刻儿便能化归乌有。我试验了一次，并无其事。想必有人把醋的作用夸得太过火了。或许意在叫吃醋的人须加小心，免得不知不觉中把毒物吃了下去。

还有人说，烧死他一个，不久会有千千万万个，大大小小的倾巢而出。这倒是多少有点使人警惧了。所以我也没敢轻于尝试一回，果真前个试验是灵效，我预备一大缸醋，出来一个化他一个，岂非成了一个除毒的圣手了么？

什么时候回到我那个北方的家里，在夏夜，摇着葵扇，呷一两口灌在小壶里的冰镇酸梅汤，听听棚壁上偶尔响起了的司拉司拉的声音……也是一件颇使我心旷神怡的事哩。

大大方方地翘着他的尾巴沿壁而来，毫不躲闪，不是比那些武装走私的，作幕后之宾的，以及那些"洋行门面"里面却暗设着销魂馆，福寿院的；穿了西装，留着仁丹胡子，腰间却藏着红丸，吗啡，海洛英的绅士们，更光明磊落些么？

"无毒不丈夫"的丈夫，也应该把他们分出等级才对。（蝎）

十

闹嚷嚷的成为一个市集，直等天色全黑了，他们才肯回到各自的处所去。

议会吗？联欢吗？我想不出他们究竟有什么目的和

企图。

蜘蛛，像一个穿黑色衣服的法西斯信徒，在一边觊觎着，仿佛伺隙而进。我的奋斗的警句，隐约地压倒了他们那一大群——

“多数人永不能代替一个‘人’，多数时常是愚蠢而又懦弱的政策的辩护人。”

像希特勒那样的“成功”，还不是多半由他们给造就的吗？不看这位巨头，迄今还是一个独身者，甚至于连女色也不接近，保持着他这个“处男”的身分。

感谢世界上还有一种寒热症，轮到谁头上，谁得打摆子，那也许就是他说胡话，发抖的时候了吧。

我得燃起一根线香来，我想睡一夜好觉了。（蚊）

（1940 年）

夏天的昆虫

◎汪曾祺

蝈　蝈

蝈蝈我们那里叫做“叫蚰子”。因为它长得粗壮结实，样子也不大好看，还特别在前而加一个“侉”字，叫做“侉叫蚰子”。这东西就是会呱呱的叫。有时嫌它叫得太吵人了，在它的笼子上拍一下，它就大叫一声：“呱！——”停止了。它什么都吃。据说吃了辣椒更爱叫，我就挑顶辣的辣椒喂它。早晨，掐了南瓜花（谎花）喂它，只是取其好看而已。这东西是咬人的。有时捏住笼子，它会从竹篾的洞里咬你的指头肚子一口！

另有一种秋叫蚰子，较晚出，体小，通身碧绿如玻璃料，叫声轻脆。秋叫蚰子养在牛角做的圆盒中，顶面有一块玻璃。我能自已做这种牛角盒子，要紧的是弄出一块大小合适的圆玻璃。把玻璃放在水盆里，用剪子剪，则不碎裂。秋叫蚰子价钱比侉叫蚰子贵得多。养好了，可以越冬。

叫蚰子是可以吃的。得是三尾的，腹大多子。扔在枯树枝火中，一会就熟了。味极似虾。

蝉

蝉大别有三类。一种是“海溜”，最大，色黑，叫声洪亮。这是蝉里的楚霸王，生命力很强。我曾捉了一只，养在一个断了发条的旧座钟里，活了好多天。一种是“嘟溜”，体较小，绿色而有点银光，样子最好看，叫声也好听：“嘟溜——嘟溜——嘟溜”。一种叫“叽溜”，最小，暗赭色，也是因其叫声而得名。

蝉喜欢栖息在柳树上。古人常画“高柳鸣蝉”，是有道理的。

北京的孩子捉蝉用粘竿，——竹竿头上涂了粘胶。我们小时候则用蜘蛛网。选一根结实的长芦苇，一头撅成三角形，用线缚住，看见有大蜘蛛网就一绞，三角里络满了蜘蛛网，很粘。瞅准了一只蝉，轻轻一捂，蝉的翅膀就被粘住了。

佝偻丈人承蜩，不知道用的是什么工具。

蜻　蜓

家乡的蜻蜓有三种。

一种极大，头胸浓绿色，腹部有黑色的环纹，尾部两侧有革质的小圆片，叫做“绿豆钢”。这家伙厉害得很，飞时巨大的翅膀磨得嚓嚓地响。或捉之置室内，它会对着窗玻璃猛撞。

一种即常见的蜻蜓，有灰蓝色和绿色的。蜻蜓的眼睛很尖，但到黄昏后眼力就有点不济。它们栖息着不动，从后面轻轻伸手，一捏就能捏住。玩蜻蜓有一种恶作剧的玩法：掐一根狗尾巴草，把草茎插进蜻蜓的屁股，一撒手，蜻蜓就带着狗尾草的穗子飞了。

一种是红蜻蜓。不知道什么道理，说这是灶王爷的马。

另有一种纯黑的蜻蜓。身上，翅膀都是深黑色，我们叫它鬼蜻蜓，因为它有点鬼气。也叫“寡妇”。

刀　　螂

刀螂即螳螂。螳螂是很好看的。螳螂的头可以四面转动。螳螂翅膀嫩绿，颜色和脉纹都很美。昆虫翅膀好看的，为螳螂，为纺织娘。

或问：你写这些昆虫什么意思？答曰：我只是希望现在的孩子也能玩玩这些昆虫，对自然发生兴趣。现在的孩子大都只在电子玩具包围中长大，未必是好事。

（1987年）

没有秋虫的地方

◎叶圣陶

阶前看不见一茎绿草，窗外望不见一只蝴蝶，谁说是鹁鸽箱里的生活，鹁鸽未必这样枯燥无味呢。秋天来了，记忆就轻轻提示道："凄凄切切的秋虫又要响起来了。"可是一点影响也没有，邻舍儿啼人闹弦歌杂作的深夜，街上轮震石响邪许并起的清晨，无论你靠着枕头听，赁着窗沿听，甚至贴着墙角听，总听不到一丝秋虫的声息。并不是被那些欢乐的劳困的宏大的清亮的声音淹没了，以致听不出来，乃是这里根本没有秋虫。啊，不容留秋虫的地方！秋虫所不屑居留的地方！

若是在鄙野的乡间，这时候满耳朵是虫声了。白天与夜间一样地安闲；一切人物或动或静，都有自得之趣；嫩暖的阳光和轻淡的云影覆盖在场上，到夜呢，明耀的星月和轻微的凉风看守着整夜，在这境界这时间里唯一足以感动心情的就是秋虫的合奏。它们高低宏细疾徐作歇，仿佛经过乐师的精心训练，所以这样地无可批评，踌躇满志。其实它们每一个都是神妙的乐师；众妙毕集，各抒灵趣，哪有不成人间绝响的呢。

虽然这些虫声会引起劳人的感叹，秋士的伤怀，独客的微喟，思妇的低泣；但是这正是无上的美的境界，绝好的自然诗篇，不独是旁人最欢喜吟味的，就是当境者也感受一种酸酸的麻麻的味道，这种味道在另一方面是非常隽永的。

大概我们所蕲求的不在于某种味道，只要时时有点儿味道尝尝，就自诩为生活不空虚了。假若这味道是甜美的，我们固然含着笑来体味它；若是酸苦的，我们也要皱着眉头来辨尝它：这总比淡漠无味胜过百倍。我们以为最难堪而极欲逃避的，惟有这个淡漠无味！

所以心如槁木不如工愁多感，迷朦的醒不如热烈的梦，一口苦水胜于一盏白汤，一场痛哭胜于哀乐两忘。这里并不是说愉快乐观是要不得的，清健的醒是不必求的，甜汤是罪恶的，狂笑是魔道的；这里只是说有味远胜于淡漠罢了。

所以虫声终于是足系恋念的东西。何况劳人秋士独客思妇以外还有无量数的人，他们当然也是酷嗜趣味的，当这凉意微逗的时候，谁能不忆起那美妙的秋之音乐？

可是没有，绝对没有！井底似的庭院，铅色的水门汀地，秋虫早已避去惟恐不速了。而我们没有它们的翅膀与大腿，不能飞又不能跳，还是死守在这里。想到“井底”与“铅色”，觉得象征的意味丰富极了。

（1923年8月31日）

虫豸

◎钟敬文

古人云:“深山大泽,实产龙蛇。”这种境地,自然和我现在居住的所在相差很远。但既是山野,自然与城市有些区异之处。这是说,山野中有山野所特具的情况。如动植物的繁富,就是一个证例。我现在想写点关于这里三数种虫类的故事,不知住在城市的朋友们,高兴不高兴听听这个呢?

是我们刚搬来的一天,在庭前的草地上用过晚餐,暮色已深黑了。蓬踱着要进房里去,忽然“嗳哟”地喊了一声,接着跳开几步。我仓皇地提灯去向她脚上照,原来脚跟受了一处咬伤。伤口颇小,但肌肉有些红肿,并且全脚的筋肉涨动得利害。她硬说是蛇干的勾当。一半忍耐着痛楚,一半又忧虑着危险,她口里不绝地喃喃咒诅着。我只用语言安慰着她,心里茫然不知所措。因为在这里不但不易找到医生,连我们说一句话都没有容易听得懂的人。费了多少劲,张妈才不知从何处找到一些雄黄出来。涂抹了好几次,到了半夜里,她才没有呻吟地睡去。明天起来,伤口虽然还依然凸着,但却没有别的什么大危险。这一场无名灾祸,总算邀天之福地了结了。

这件事情发生了的第二天,蓬又不意中真实地见了一条长蛇梳过草地上。从此我们便不免谨抱着戒心了,尤其是蓬,天色一昏,便不敢涉足到草地上和竹林下;有时我偶然走近去，也要受她的一顿警告或干涉。约莫两星期之后，是光朗朗的白昼，我自己也在茅厕里见到一条躯体颇不细小的蛇。当时虽然有点心慌的状态，可是并不至于怎样大惊骇。回到书房里，蓬听了我的报告之后，带着慌意地说，倘若是我，不免要大声惊喊起来了。我俏皮地笑道，无论怎样，我们男子是不至于这样胆小的。

到现在，我们已经住上将一月的时光了，所谓蛇害，还幸运地没有怎样受到。大概直到我们回城里去，也将一样地能保持这个平安了吧。我故乡的父老姊妹们，是以喜欢吃蛇著名的；我在家里时，也常常爱吃这个。现在是在这民风不同的异地羁旅着；故乡的蛇羹，虽没有像吴中的莼菜、鲈鱼那样有力地牵动着远游的张翰的利害；但偶然提到时，为之黯然地荡起一些乡愁，是再也不能遏禁的了。

我们初来时，正是十分炎蒸的六月下旬，柳梢、竹末，知了的鸣声，整天价高朗地流荡着。“莫倚高枝纵繁响，也应回首顾螳螂！”的确，像那样无疲倦地临高纵响，很容易教诗人兴想到它是一种得意者的行为，因而反感地写出这样带有讽刺意味的警词了。过了十多天，忽来了好几日夜的风雨。有一天，我做了好些首小诗，中间有这样两句：“未向玉杨深处去，商声知否到鸣蝉？”因为我们房屋四周的竹树上，已经少听到蝉的音浪，所以有玉杨深处，已否变商声的疑问了。

风雨之后，在这里的知了之声，竟然无讯息地断绝了。别处还尽有当风急响的，也未可知；但此间是这样消沉、清寂，使人怊怅，再听到它呢，要在一年之后了。

如上所述，这回风雨的降临，是把我们夏天最高的音奏——知了的鸣声，吹打得无踪影地散灭了。但同时，它却带来了更丰富的迷人的几部声乐。雨停息了，每天一到幽暗的暮色来临之候，篱笆下，从草里，一齐吹奏起来了。蛩蛩唧唧，呤呤唴唴，如叩繁弦，如吹急管，如品哀丝，如奏豪竹。空际的月光，庭前的树影，远处的烟霭，都好像跟了它们的节奏一同颤动着。这境界，真是美妙地饶于诗情了。——记得《南史》里有个这样的逸话：孔德璋门庭之内，草莱不剪，中有蛙鸣。旁边的人看了有些奇怪。便问他道："你要做古时的陈蕃么？"朋友，你想他这时怎样回答？他说："我把它来当做两部鼓吹，何必学什么陈蕃呢？"其实，虾蟆的叫声，是多少粗笨的噪音，但他还要把它留在庭间当鼓吹欣赏。若听到这样清妙的群虫的合奏，不知更怎样高兴呢。

说来，怎样也掩不住自己的惭愧吧。我对于秋虫，正如对于其它的东西一样，辨认的见识竟这样贫弱。蟋蟀、金铃儿、灶鸡、莎鸡……这算是我比较熟悉而呼得出来的名儿了。至于这其中，我确实地能够辨出它的形象的，怕只有少时常常和四弟玩弄过的蟋蟀而已。前几天的一个黄昏，祥桢兄和韩家姊妹——中间大的一位，是他的太太——来我们这里"耍子"。夜色已降临了，晚餐还没有办好。她们在向一株木笔花的枝叶上注神地搜觅着。我不知道她们这样用心地是在干的什么玩意儿。

"你们那样高兴地在搜觅什么好宝贝儿呢？"我禁不住这样发问。

"捉马铃儿呢。它是一种叫得怪好听的秋虫。"她们中间的一位答。

马铃儿，这个名儿第一次听到，不用说了；就是秋虫有的是栖止在这样高的树枝上鸣叫的，这也是件新见识，——我从前总以为它是潜隐在墙边草际放声的。新的高兴与羞惭，一时俱爬进我的心上了。

她们忙碌了一阵，终于给姊姊捉到一个在手上了。我走近去看看，是一个绿色的和蟋蟀一般大小的虫体。她得胜似地交给妹妹，叫她装进卷烟盒里带回去。谁知道呢，这虫儿在刚要被装入盒里去的时候，忽然跳脱了。她们懊丧着，连我都感到一些可惜的情味。后来她们虽在篱间树上，费了许多寻访的工夫，可是，再也捉不到一个了。临走时，她们说下次来这里，一定把手电灯带着来，那时不怕抓不到许多呢。

在这里，每天入夜都听着它们迷人的合奏，我不想去捉它们，也不必去捉它们。如果像某君所哀诉的，住在都市里秋来听不到虫声，确是一种生活的不幸时；那末，站在这一点上我暂时是有福的了。

当我们那晚送着韩家姊妹出去的时候，路旁的禾田藕塘上，都成群地飞舞着萤火虫。她们中间一位高兴地说：

"在城里，是看不见这样多的萤火虫的。"

"不但没有这么多，有时过了一个夏天，连它的片光只影都没有机会看到呢。"我有所感地接着说。

她们似乎没有理会到我这话的含意，所以听了都默着不做声。最后还是我说了一句滑稽的话："倘令萤火能像马铃儿等那么会唱，该再好也没有了。"她们一齐笑起来了。

前夜出去荡了一阵湖船回来，路上蓬捉到几个萤火虫，裹在一块白手帕里，玩着直到家门口时才把它们放了。我说起古代囊萤读书的故事，她讽刺地道："现在书房里有灯光煌然的人，却倒要拉人出去逛夜湖了。"

我只好以笑声分散她的冷讽。

关于萤火虫,我们乡下有哀艳的传说。据云:这种在温暖的夏夜里,能放着美丽的青光的萤虫,是从前一位佳人变成的。她的名叫佳娘(是否这样写,可不知道),是宋朝赵匡胤的义妹。他未得志时,一天送她回家。在路上,偶赴水边饮水,现出龙象,为她所望见。因而求与他结成夫妇。赵秉义不从。她卒自尽于家,以身化作萤火照烛她哥哥回去。这比望夫石、田螺精一类的民间故事,更为凄美得多了。如有人把它写成诗或小说,当很有动人之力吧。

我每每看到萤火虫,就不免想起这情致缠绵的故事。

蚊虫,不是山野的特产,然而在这里,它所给我的印象太深了。

这里蚊虫的身体,有的大得凶,有的小得很;但它们的可怕是一样的。太阳一下山,它们的声浪便响起了。古人把它比作雷鸣,并不见过分。我们惟一抵抗它们的法宝蚊虫香,在城里十之七八地是奏得效的,到此却变成无用的钝器了。你看书,它们扰乱你;你写字,它们扰乱你;你乘凉闲坐,它们也一样扰乱你;你睡觉么?它们可更高兴了。尽管你怎样地挥拨过,怎样地把帐门关好,不多久,嗡嗡的声音便来到你的耳畔,接着就是在肢体上不客气地吮吸了。打,固然是枉然的,驱赶可也不过是徒劳的事。这蕞尔的虫儿,有时竟会弄到我们手足无措,说来也是值得惊奇的。

下雨的时候,因为气温的清凉,蚊虫敛迹了不少;一天晴,它们又得意了。几天来,天时回复了以前的蒸郁,而欲下不下的雨,等得有点教人不耐。大概这一次的雨如落得成功,将来的蚊祸,是再也不至像现在这般猖獗了。

以虫鸣秋

◎唐弢

一年四季，我现在喜欢的是春天。

说是现在，因为这是近来才有的感觉。年纪过了三十，却忽然喜欢春天，喜欢红色，喜欢和二十岁以下的青少年打交道，究竟是生命的活力突然转强，抑是预感衰退，遂不免起了依恋之情呢？我自己无法回答。不过，倘在十几年前，或者溯而上之，倘在二十年前，情形就和眼前的不一样。尽管年轻好弄，跳跳蹦蹦，脱不了孩子的脾气，但以季节而论，我爱的却是雁来以后的秋天。

我爱秋天的淡泊和明远。

十几年前，那时候我在一个中学校里念书，每周只上五天课，两天半是中文，两天半是英文。课余多暇，自己就学些做诗填词之类的勾当。诗词，按照中国的老例，是必须从多读入手的，因此也翻翻前人的集子，希望从那里得到些许的影响。"采菊东篱下，悠然见南山"，这是闲适；"西风残照，汉家陵阙"，这是苍凉；"昨夜西风凋碧树，独上高楼，望尽天涯路"，这是悒郁和惆怅。童稚何知，然而面临萧索，想起来也不免为之惘然。中国的诗人对于这点是特别敏感的，我虽然三不像——学稼、学贾、学书都不够格，每逢提笔，却也无法抵御秋意的来袭。

诗词，它让我看到春青背后的红叶。

不过我的真正爱好秋天，却远在能读这些诗词之前，少说也该有二十个年头了。那时候，天地似乎比现在阔大，山河似乎比现在年轻，而生活，当然也比现在有意义——即使是最小的虫蚁吧，我也觉得十分可亲，它们仿佛都能说话，用的是一种歌唱的调子。说得最为悦耳的自然是秋虫。

我因此渴望着西风的起来。

炎夏向尽，梧桐已开始落叶，街头树间，时而传来一阵刺耳的繁音，“知了，知了”，叫声较为噪厉的是蝍蟟，“乌有，乌有”的是螗蜩。中国的文人是最喜欢代人立言的，有时候也代物——著名的如禽言，并且还及于昆虫。刘同人《帝京景物略》里说：“三伏鸣者，声躁以急，如曰伏天伏天；入秋而凉，鸣则凄短，如曰秋凉秋凉。”他以为蝉蜩呼候，所叫的常是当前的时令。这和《灵物志》里说在芫荽下种的时候，农夫们欲使抽芽，必须口说秽语一样，全是以人拟物的幻想，说来荒谬，却也颇饶一点风土的趣味。

蝍蟟身长寸许，螗蜩背作绿色，双翅一律透明，这两种，我们乡下都没有。蝉类种色繁多，我在年轻时常见的是叫做蚱哩的一种，它没有蝍蟟的长大，又不及螗蜩的美丽，只有叫声较为清越。不过一捉到笼里，也就默尔而息，再不发些许的音响，第二天随即僵死了。我同情沉默，却又以它的决不再鸣为可惜。

为什么呢？

我自己也有点回答不上来。

以彼时的年龄而论，大概总不会有什么牵涉国家大事的社会观念，却以为倔强是可爱的，因此也不想再去触犯它，遂使翻瓦砾的时间多过于拿竹竿。农民的血统让人和泥土接近，天堂于我生疏，我所追求的乃是人间的坚实。

于是就开始翻瓦砾，多半是在屋后的安园里。安园，隔着一条小河，离开村子约莫几百步，是一所荒芜的坟场。促织①就在那里栖息着。拨开断砖，往往可以看到一对小虫惊惶的在躲避，有时逃到野草根边去。就以往的经验而论，这十九是徒然的，它们逃不过人类的眼睛，也跳不出人类的手掌，到最后，只能受人豢养，迁入瓦盆，又进而以为这是自己的值得骄傲的天地，得意忘形，渐渐地失去本性了。

一经挑拨，此后便乐于斗噬起来。

我蓄促织，往常是因为它能鸣，并非因为它能斗，所以"别种"如油葫芦、小油蛉之类，行家弃诸不顾，我也加以延揽，一样的放入匣内，饲以雪白的米饭。就农民的习俗说，这是有点浪费的。不过我毕竟还是孩子，能够借此自娱，即已不计其他。若是腰缠十万，那就一定去豢养文人，听他满口"我公"，或者在笔头上装腔作势，似惊似喜②。也许这点便是人虫之辨吧——花样着实多着哩。

可惜我还没有这样的财势，也不爱类此的花样，因而所养的只限于促织。油葫芦俗名老油丁，身体比普通的蟋蟀为大，小油蛉却又特别小，几乎和唧蛉子差不多。别以老小，正是因为两者的形状相像，而大小却又悬殊的缘故。油丁比油蛉易得，贵之贱之，此中若有区别，不过以论鸣声，我是宁取前

---

① 促织，蟋蟀的别名，北方叫蛐蛐儿。

② 当时周佛海身边有一批文人，经常诗酒雅集，阿谀逢迎，对周口称"我公"，还曾作文在刊物上宣扬。

者的。

——唧令令，唧令令！

几乎就是金属的声音。

和油葫芦一样，因繁生而不被重视的，还有一种栖息在乱草、灌木或者豆荚地里的螽斯，《诗经》里所谓“喓喓草虫”，指的就是它。螽斯色绿，易受草梗树叶的保护，鸣声又相当轻微，骤然看去，简直就像贼害禾稻的蚱蜢；但在博物学上，它们是并不同科的，我从前喜欢分得很清楚。直等读了法布尔的书籍，才悟到这是人的意见，倘在蚱蜢它们，就不作如是想，它可以辩白本身并非蚱蜢，或者进一步说螽斯倒是蚱蜢的。现在是连两脚直立的东西，当“内疚神明”，无法自解的时候，也学会这样的口吻了，听：

——太阳底下，彼此是不会距离得过远的呀①！

看他说得何等嘴响啊！

在这点上，我大概还不能成为法布尔的信徒，无法忘却做人的立场。我以为生存向背，即在同类之间，也还划着鸿沟，决难用文字或语言来填平的。物我齐观是一个幻想，挂上口头，就不免成为诡言。以血肉为布施自然是无可非议的，但切忌去喂养癞皮狗。

我主张精密的分辨和选择。

螽斯而外，较为常见的鸣虫是络纬。络纬也即莎鸡，俗名纺织娘，我们乡下则叫做缫线虫，以其鸣声酷肖纺纱的缘故。络纬昼伏夜鸣，要捕捉，必须等它振羽发声的时候。我常和小

① 这是某一附逆文人为自己遮丑的话，意思是别人也不见得比他高明。

朋友一道，提着灯笼，赶往两里外的竹园去。乡间的晚上是阒寂的，走夜路不免有几分心悸，自己也听得出脚步的急迫，烛影摇动光波，像水晕一样在黑暗里浮荡。一转出村子，耳边像听到远处的“闹场锣鼓①”一样，络纬的鸣声突然震响起来，原来前面已经是竹园了。

——轻些，别做声！

有人低低的照会我，我们便蹑手蹑脚的跑近去。一见到篝火，满园叫得更其起劲了，每次可以捉到好几只。而每年又总有一回这样的经验。

现在，季节到了秋天，春华老去，我自己也逼近中年。络纬在邻家的园圃里振羽，静夜远听，真使人有梦回空山身在何地的感觉。清人龚定庵诗云：“狂胪文献耗中年，亦是今生后起缘，猛忆儿时心力异，一灯红接混茫前。”往事在心头浮现。此时此地，大概谁都有点怆然，觉得难以遣此的吧。

我不能忘情于已逝的童年。

以大体论，我所致慨的只是时间，不是时代，所以我还挚爱我的春天。感到洚水在后，对眼前的光景又深致流连，这心情近于没落②，我是不能不表示怀疑的。如果这些话所挑逗起来的只是脸上的忿怒，而不是心底的惭愧，那我还能说些什么呢？

我希望世人真有精神升华的事情。

（1944年10月5日）

---

① 社戏开场的时候，先打一通锣鼓，即开场锣鼓，我们家乡叫“闹场锣鼓”。

② 洚水在后，来日可虑。当时周作人曾这样说。

来客

◎南星

夜了。有一个不很亮的灯,一只多年的椅子,我就可以在屋里久坐了。外面多星辰的天,或铺着月光的院子,都不能引动我。如果偶然出去闲走一会,回来后又需要耽搁好久才会恢复原有的安静。但出乎意料的是只要我一个人挨近灯光的时候,我的客人就从容地来了,常常是那长身子的黑色小虫。它不出一声地落在我的眼前,我低下头审视着,它有两条细长的触角,翅合在身上,似乎极其老实并不会飞的样子。我伸出一个手指,觉到那头与身子都是坚硬的,尤其是头,当它高高地抬起又用力放下去时就有一种几乎可以说是清脆的声音。我认识它,它是我所见过的"叩头虫",我对它没有丝毫的厌恶,它的体态与声音都是可赞美的。它轻轻缓缓地向前爬行,不时抬起头来敲击一下。如若用手指按住它的身子,它就要急敲了,我不愿意做这事。但不留住它,它会很快地飞到别处,让我有一点轻微的眷恋。

又有一种更小的飞虫,双翅上满敷着银色的粉,闪耀出银色的光辉。我不知道它的名字。有人说叫做"白蛉",夜间咬人的,但我并不十分相信。我看不出它的嘴一类的东西。它落在桌上,两翅微颤着,似乎带一些可怜的神气。不幸一次因为有许多只结队地来扰乱我,又不受我的驱赶,我打死了几个,那翅上的银粉也剥落下来。其后它们绝迹不来了,直到现在,我仍没有遇到过一次,想来总觉得对那几个死者有些歉意,因为它们是我的最小的客人。

不到桌上来而永远徘徊在墙上的是有许多条腿的敏捷的虫。它的身子是灰白色,腿上还有些暗黑色花纹,但我并没有看得十分清楚,因为我发现它时有一点恐怖。那么多的腿很足以让人的眼睛不舒服,不过,与蜈蚣比起来,又是温和得多的了。我叫它“钱串子”,这自然不是各地通行的名字。当它见了人或灯光时,并不转动身子,仿佛在注视什么,直到我用一根小棍敲着墙的时候。它走得非常迅速,不久就完全找不到了。这屋子永远是潮湿的,所以它不愿轻易离开,我还注意到它已经在这儿生了儿女。但它们吃什么呢,整天地伏在潮湿的墙洞里面?

第二种在我屋墙上爬行的虫只有八条腿,而且走得很慢,一步一步地,像一个病者或老人。那是蜘蛛。但并不和在院中常见的完全深黑色的身子,看去有些笨重,伏在一个大网上的一样。我的蜘蛛的腿特别长,深灰色的细瘦的身子,带着文雅而庄重的态度。只有见了它时我像是遇到旧相识,我们各自没有惊慌,并以友谊的眼光互相睇视。有时它走到我的书上来,停一停然后回到墙上。我至今没有发现它的网或住处,但总觉得它不是一个远客。

许多日子以前,我在书架上翻一堆旧书,在一本下面,发现两个大小不同的蠹鱼,没有等到我捉,它们就钻到看不见的地方去了。那时候我想不出捉它们的方法,倘用手,似乎是不合适的。后来,它们渐渐的跑到放在桌上的书缝子里来,而且毫不畏惧地爬上墙,在我的眼前跑来跑去了。那种敏捷的程度不下于那多腿的虫。或者它们也是多腿的,因为细小得不到我的注意。对它们我特别觉得嫌厌;但当我检视了我的书,并没有发现几个破洞时,也就不很关心了。

别的虫少有到这屋里来的。上面说过几种,虽然也常常相见,却不能破除每夜的寂静。我想念着那灶虫,那柔和的有力的歌者,它每到天黑时就开始唱起来,几乎可以整夜不息。那声调虽没有高低长短的变化,我听着决不觉得厌烦,它会引领着我的沉思,给我以微凉的感觉,让我幻想着已经到了秋天的日子;它也不让我的心里凄凉或伤感,只有异样的安宁。它喜好庭院中的风露,所以这屋里得不到做它的住处的光荣了。我见得到不同的虫,但它们都奏不出夜的音乐,除了那敲击着这桌子的叩头虫,叮叮的,声音是那样沉闷,枯索。自然,在我的来客中它已是很高贵的了。

草木鱼虫之类

◎夏衍

逛公园,背着手在看新出土的芍药。对面草地上,一群红领巾在听他们的老师讲蚯蚓的故事。这情景勾起了我童年的回忆,也联想到另外一些事情。

在我小的时候,只知道蚯蚓是一种最好的鱼饵,至于蚯蚓的生态、对土壤和农作物的作用,那是直到大学毕业,开始杂览的时候才知道的。我生在乡间,父亲懂一点医道,家里有《本草》之类的医书,所以对于草木鱼虫之属,自以为还不是没有常识,可是后来读到英国人吉尔勃·怀德所著的《色尔彭自然史》,才使我吃了一惊,原来过去深信不疑的知识,有些竟是十分荒诞的。不仅"腐草化为萤"没有科学根据,"螟蛉有子,蜾蠃负之"也不过是有趣的传说。这位业余生物学家所写的《色尔彭自然史》,的确在一个不短的时期使我着了迷,由于读了这本书,所以后来再读法布尔的《昆虫记》,就觉得对这一类自然现象有了一些基础知识,不像初读《色尔彭自然史》时那样的事事使我瞠目惊异了。

读《色尔彭自然史》和《昆虫记》,除了可以得到许多自然界、生物界的常识之外,对我最有启发的,还是这些书的作者们的那种不泥旧说、不逞臆想,事事都从实际观察出发的实事求是的精神。怀德生于一七二〇年,他的职业是伦敦附近色尔彭教区的一个助理牧师，他凭自己的兴趣，穷年累月地对色尔彭地区的自然现象进行了深入细致的观察，他把观察所得准确地记录下来，偶有所得、或者遇到难以理解的问题，就向远方的两位生物学家报告和讨教，《色尔彭自然史》就是这些来往书信的汇编，由于他的文笔清新，内容引人入胜，所以两个世纪以来，这本书一直是为人传诵的英国散文名著。

我们中国并不是没有这种对自然现象有兴趣的热心家，记载这种自然现象的书籍，也着实不少。从《尔雅》、《花镜》、《百廿虫吟》、《南方草木状》一直到《本草纲目》、《植物名实图考》，书着实不少，可是从科学的准确性来要求，有不少书就很难说了，由于此，“雀人大海为蛤”、“腐草化为萤”，就成了过去许多人的常识。应该肯定李时珍是一个了不起的学者，他的《本草纲目》基本上都是经过实物观察的。可是就拿“腐虫化为萤”为例，他还是深信而不疑的，他说：“萤有三种：一种小而宵飞，腹下光明，乃茅根所化也，吕氏月令所谓腐草化为萤者是也；一种长如蛆蠋，尾后有光，无翼不飞，乃竹根所化也；一名蠲，俗名萤蛆，明堂月令所谓腐草化为蠲者是也，其名宵行。”其实，读一读《昆虫记》就可以知道，萤是卵生的，所谓两种或者三种，有翼或无翼，只不过是雌雄形态有异而已。法布尔为了观察一种昆虫的生态，常常穷年累月，或者忍饥受寒，彻夜不寐，他的那种认真细致，丝毫不苟的精神，读其书者无不深为感动。譬如他观察所得的萤吃蜗牛的故事，实在是一篇既生动又有趣的科学小品。

我不知道《色尔彭自然史》有没有中译本，《昆虫记》也只有一本一九三三年出版的、经过两道译述的中文本。为了让儿童和成人有一些自然科学的常识，我觉得这一类书的译述，是十分必要的。

（1962 年 5 月）

虫

◎艾青

蛔　虫

我病了。接连着两天都泻,吐。

第二天,我发现了在大便里有一条蛔虫——微红色,韧性地转动着。

有人告诉我:蛔虫寄生在人的大肠里,是决不只一条的,有的多到几百条。

又说:蛔虫寄生在人的大肠里,当人体强健时,它是不大会被便出来的,当人体衰弱到已不能养活它时,它才被便出来。

于是我吃了杀虫药。

第二天,我又便出来两条。

我终于陷进莫深的厌恶里了:当我一想到我无论吃了什么富有营养的东西而脸色仍旧是苍黄,当我看见它们在吸尽了我的营养之后,在我的身体不能再养活它又终于被便出在拥挤着粪蛆的粪坑里的时候,我突然由它而遥远地联想起一些事,我的心强烈地燃烧着对于这寄生虫的憎恨。

蜘　　蛛

当那些下雨的日子，蜘蛛就在我们所不注意的时候织起了网。

那网是从这边的一根柱子作为起点，一直伸张到屋檐去的。它在那从阴暗的屋檐到明亮的天空之间张开着。

那永远沉默的蜘蛛，安眠在网的中心。

从早上到黄昏，无数的飞虫，蛾类，想从阴暗飞向明亮去的，都在触到那网的时候，被俘虏了。

那些小虫，无援助地挣扎着，挣扎着，终于寂然不动了。网上就黏满了无数小虫的尸体。

蜘蛛醒来了，它徐缓地动着脚，开始向自己所统治的网面上爬行……

它满足地一个一个地把那网上的俘虏取来吞食。

吃完了所有的小虫，它像要完成一定的计划似的，把那网扩大起来——如此它将可以更多地捕获它的俘虏。

这似乎是一种可怕的规律。它的身体，随着网的扩大而更加肥胖起来……

蚯　　蚓

院子里的蚯蚓一到冬天就都蛰伏在泥土里，不翻土了。它们以安定的信心，等待明年的温暖。

不知是谁在院子里倒了一点石灰，石灰经了一次雪，被融解而且冲浸到泥土里去，于是泥土温暖了。

蚯蚓都从睡眠中醒来——以为春天已来了，它们开始了它们的忠实的工作——翻土。

但石灰是含有碱性的，蚯蚓一接触到它，就被杀死了。

现在，在那灰白色的石灰水里，像一些短带子似的沉在水底的，就是蚯蚓的可怜的尸体。

蜜　蜂

春天来在我们的园子的时候，空气里就流散着百花的香粉和蜜蜂的嗡嗡声了。

一个人在那些花树下站着，看着花朵，看着使目光眩惑的花丛，看着蜜蜂，看着把头没入花蕊里去吸取花粉的蜜蜂……

无数的蜜蜂，每一朵花里都有一只蜜蜂。

忽然一只蜜蜂飞到那人的脸上，他被这意外所惊慌了，几乎是下意识地用手去拍它——接着他惊叫了一声，被刺了。

蜜蜂的刺留在那个人的脸上了。

每只蜜蜂都有一根刺——这是它们用来保卫生命惟一的刺，用来防御生命第一次蒙受侵害的武器；像那些只有一根箭的射手或是只有一颗子弹的哨兵一样，蜂的刺一失了，蜂的生命也完了。

因为没有刺的蜜蜂很快就要死的。

白　蚁

我搬了房子了。

这房子是一个整齐的长方形——有两个雅致的窗子，前面的窗子可以看见高山，后面的窗子可以看见竹林。

我是欢喜这房子的。

而且它还有楼——可惜楼梯被取去了。

第二天，我向房东要来了楼梯；我很想利用这楼。

我满怀兴奋，踏上梯子——但等我上楼时，我失望了。

当我用脚走在楼板上时，楼板就发出一种细微而可怕的声响，而且我的脚感到往下沉——这层楼的木已完全被白蚁蛀成空洞了。

那些小动物是看不见的，它们几乎永远是秘密地在进行着破坏人类的辛勤的建造。

当我一想象到它们既是那样难于发觉，却又那样普遍而众多，我的心竟起了一阵寒噤。

昆虫的故事

◎孙犁

人的一生,真正的欢乐,在于童年。成年以后的欢乐,则常带有种种限制。例如说:寻欢取乐;强作欢笑;甚至以苦为乐等等。

而童年的欢乐,又在于黄昏。这是因为:一天劳作之后,晚饭未熟之前,孩子们是可以偷一些空闲,尽情玩一会儿的。时间虽短,其欢乐的程度,是大大超过青年人的人约黄昏后的情景的。

黄昏的欢乐,又多在春天和夏天,又常常和昆虫有关。

一是捉黑老婆虫。

这种昆虫,黑色,有硬壳,但下面又有软翅。当村边的柳树初发芽时,它们不知从何处飞来,群集在柳枝上。儿童们用脚一踢树干,它们就纷纷落地装死。儿童们争先恐后地把它们装入瓶子,拿回家去喂鸡。我们的童年,即使是游戏,也常常和衣食紧密相连。

二是摸爬爬儿。

爬爬儿是蝉的幼虫,黄昏时从地里钻出来,爬到附近的树上,或是篱笆上。第二天清晨,脱去一层黄色的皮,就变成了蝉。

摸蝉的幼虫,有两种方式。一是摸洞,每到黄昏,到场边树下去转悠，看到有新挖开的小洞，用手指往里一探，幼虫的前爪，就会钩住你的手指，随即带了出来。这种洞是有特点的，口很小，呈不规则圆形，边缘很薄。我幼年时，是察看这种洞的能手，几乎百无一失。另一种方式是摸树。这时天渐渐黑了，幼虫已经爬到树上，但还停留在树的下部，用手从树的周围去摸。这种方式，有点碰运气，弄不好，还会碰到别的虫子，例如蝎子，那就很倒霉了。而且这时母亲也就要喊我们回家吃饭了。

捉了蝉的幼虫，回家用盐水泡起来，可以煎着吃。

三是抄老道儿。

我们那里，沙地很多，都是白沙，一望无垠，洁白如雪，人们就种上柳了。柳子地，是我童年的一大乐园。玩累了，坐在沙地上，就会看见有很多小酒盅似的坑儿。里面光滑整洁，无声无息，偶尔有一个蚂蚁或是小飞虫，滑落到里面，很快就没有踪迹了。我们一边嘴里念念有词："老道儿，老道儿，我给你送肉吃来了。"一边用手往沙地深处猛一抄，小酒盅就到了手掌，沙土从指缝里流落，最后剩一条灰色软体的，形似书鱼而略大的小爬虫在掌心。这种虫子就叫老道儿。它总是倒着走，把它放在沙地上，它迅速地倒退着，不久就又形成一个窝，它也不见了。

它的头部，有两只很硬的钳子。别的小昆虫一掉进它的陷阱，被它拉进土里吃掉，这就叫无声的死亡，或者叫莫名其妙的死亡。

现在想来：道家以清静无为、玄虚冲淡为教旨。导引吐纳、餐风饮露以延年。虫之所为，甚不类矣。何以千古相传，赐此嘉名？岂农民对诡秘之行，有所讽喻乎？

（1984年3月28日上午）

昆虫备忘录

◎汪曾祺

复 眼

我从小学三年级“自然”教科书上知道蜻蜓是复眼，就一直捉摸复眼是怎么回事。“复眼”，想必是好多小眼睛合成一个大眼睛。那它怎么看呢？是每个小眼睛都看到一个小形象，合成一个大形象？还是每个小眼睛看到形象的一部分，合成一个完整形象？捉摸不出来。

凡是复眼的昆虫，视觉都很灵敏。麻苍蝇也是复眼，你走近蜻蜓和麻苍蝇，还有一段距离，它就发现了，噌——飞了。

我曾经想过：如果人长了一对复眼？

还是不要！那成什么样子！

蚂 蚱

河北人把尖头绿蚂蚱叫“挂大扁儿”。西河大鼓里唱道：“挂大扁儿甩子在那荞麦叶儿上。”这句唱词有很浓的季节感。为什么叫“挂大扁儿”呢？我怪喜欢“挂大扁儿”这个名字。

我们那里只是简单地叫它蚂蚱。一说蚂蚱，就知道是指尖头绿蚂蚱。蚂蚱头尖，徐文长曾觉得它的头可以蘸了墨写字画画，可谓异想天开。

尖头蚂蚱是国画家很喜欢画的，画草虫的很少没有画过蚂蚱。齐白石、王雪涛都画过。我小时也画过不少张，只为它的形态很好掌握，很好画，——画纺织娘，画蝈蝈，就比较费事。我大了以后，就没有画过蚂蚱。前年给一个年轻的牙科医生画了一套册页，有一开里画了一只蚂蚱。

蚂蚱飞起来会格格作响，不知道它是怎么弄出这种声音的。蚂蚱有鞘翅，鞘翅里有膜翅。膜翅是淡淡的桃红色的，很好看。

我们那里还有一种"土蚂蚱"，身体粗短，方头，色黑如泥土，翅上有黑斑。这种蚂蚱，捉住它，它就吐出一泡褐色的口水，很讨厌。

天津人所说的"蚂蚱"，实是蝗虫。天津的"烙饼卷蚂蚱"，卷的是焙干了的蝗虫肚子，河北省人嘲笑农民谈吐不文雅，说是"蚂蚱打喷嚏——满嘴的庄稼气"，说的也是蝗虫。蚂蚱还会打喷嚏？这真是"遭改"庄稼人！

小蝗虫名蝻。有一年，我的家乡闹蝗虫，在这以前，大街上一街蝗蝻乱蹦，看着真是不祥。

花　大　姐

瓢虫款款地落下来了，摺好它的黑绸衬裙——膜翅，顺顺溜溜：收拢硬翅，严丝合缝。瓢虫是做得最精致的昆虫。

"做"的？谁做的？

上帝。

上帝？

上帝做了一些小玩意儿，给他的小外孙女儿玩。

上帝的外孙女儿？

对。上帝说："给你！好看吗？"

"好看！"

上帝的外孙女儿？

对！

瓢虫是昆虫里面最漂亮的。

北京人叫瓢虫为"花大姐"，好名字！

瓢虫，朱红的，瓷漆似的硬翅，上有黑色的小圆点。圆点是有定数的，不能瞎点。黑色，叫做"星"。有七星瓢虫、十四星瓢虫……星点不同，瓢虫就分为两大类。一类是吃蚜虫的，是益虫；一类是吃马铃薯的嫩叶的，是害虫。我说吃马铃薯嫩叶的瓢虫，你们就不能改改口味，也吃蚜虫吗？

独 角 牛

吃晚饭的时候，呜——扑！飞来一只独角牛，摔在灯下。它摔得很重，摔晕了。轻轻一捏，就捏住了。

独角牛是硬甲壳虫，在甲虫里可能是最大的，从头到脚，约有二寸。甲壳铁黑色，很硬，头部尖端有一只犀牛一样的角。这家伙，是昆虫里的霸王。

独角牛的力气很大。北京隆福寺过去有独角牛卖。给它套上一辆泥制的小车，它就拉着走。北京管这个大力士好像也叫做独角牛。学名叫什么，不知道。

磕头虫

我抓到一只磕头虫，北京也有磕头虫？我觉得很惊奇。我拿给我的孩子看，以为他们不认识。

“磕头虫，我们小时候玩过。”

哦！

磕头虫的脖子不知道怎么有那么大的劲，把它的肩背按在桌面上，它就吧嗒吧嗒地不停地磕头。把它仰面朝天放着，它运一会儿气，脖子一挺，就反弹得老高，空中转体，正面落地。

蝇虎

蝇虎，我们那里叫做苍蝇虎子，形状略似蜘蛛而长，短脚，灰黑色，有细毛，趴在砖墙上，不注意是看不出来的。蝇虎的动作很快，苍蝇落在它面前，还没有站稳，已经被它捕获，来不及嘤地叫一声，就进了苍蝇虎子的口了。蝇虎的食量惊人，一只苍蝇，眨眼之间就吃得只剩一张空皮了。

苍蝇是很讨厌的东西，因此人对蝇虎有好感，不伤害它。

捉一只大金苍蝇喂苍蝇虎子，看着它吃下去，是很解气的。苍蝇虎子对送到它面前的苍蝇从来不拒绝。苍蝇虎子不怕人。

狗　蝇

世界上最讨厌的东西是狗蝇。狗蝇钻在狗毛里叮狗，叮得狗又疼又痒，烦躁不堪，发疯似的乱蹦，乱转，乱骂人，——叫。

（1993年2月2日）

草木虫鱼

◎莫言

三年困难时期，我七八岁，与村中的孩子们一起，四处游荡着觅食，活似一群小精灵。我们像传说中的神农一样，几乎尝遍了田野里的百草百虫，为丰富人类的食谱作出了贡献。那时候的孩子，都挺着一个大肚子，小腿细如柴棒，脑袋大得出奇。我当然也不例外。

村子外是一片相当辽阔的草甸子，地势低洼，水汪子很多，荒草没膝。那里既是我们的食库，又是乐园。春天时，孩子们在那里挖草根剜野菜，边挖边吃，边吃边唱，部分像牛羊，部分像歌手。我们最喜欢唱的一支歌是自己创作的。曲调千变万化，但歌词总是那几句：一九六〇年，真是不平凡；吃着茅草饼，喝着地瓜蔓……歌中的茅草饼，就是把茅草白色的甜根洗净，切成寸长的段，烘干，然后放到石磨里磨成粉，再用水和成面状，做成饼，放到鏊子上烘熟。茅草饼是高级食品，并不是人人天天都能吃上的。我歌唱过一千遍茅草饼，但到头来只吃过一次茅草饼，还是三十年之后，在大宴上饱餐了鸡鸭鱼肉之后，作为一种富有地方风味的小点心吃到的。

地瓜蔓就是红薯的藤蔓，那时也是稀罕物，不是人人天天都能喝上的。我们歌唱这两种食物，正说明想吃又捞不到吃，就像一个青年男子爱慕一个姑娘但是得不到，只好千遍万遍地歌唱那姑娘的名字。我们只能大口吃着随手揪来的野菜，嘴角上流着绿色的汁液。我们头大身子小，活像那种还没生出翅膀的山蚂蚱。

荒年蚂蚱多，这大概也是天不绝人的表现。我什么都忘了，也忘不了那种火红色的、周身发亮的油蚂蚱。这种蚂蚱含油量忒高，放到锅里一炒嗞啦嗞啦响，颜色火红，香气扑鼻，撒上几粒盐，味道实在是好极了。我记得那几年的蚂蚱季节里，大人和小孩都提着葫芦头，到草地里捉蚂蚱。开始时，蚂蚱傻乎乎的，很好捉，但很快就被捉精了。开始时，大家都能满葫芦头而归，到后来连半葫芦也捉不到了。只有我保持着天天满葫芦头的辉煌纪录。我有一个诀窍：开始捉蚂蚱前，先用草汁把手染绿。它们大概能嗅到人手上的气味，用草汁一涂，就把人味给遮住了。

夏天食物丰富，那三年雨水特大，一进六月，天就像漏了似的，大一阵小一阵，没完没了地淅沥。庄稼全涝死了。洼地里处处积水，成了一片汪洋。有水就有鱼。

各种各样的鱼好像从天上掉下来似的，品种很多，有一些鱼连百岁的老人都没看到过。我捕到过一条奇怪又妖冶的鱼，它周身翠绿，翅羽鲜红，能贴着水面滑翔。它的脊上生着一些好像羽毛的东西，肚皮上生着鱼鳞。这种奇异的东西，只能杀了吃。可是它好看不好吃，又腥又臭，连猫都不闻。

其实，最好吃的是最不好看的土泥鳅。这些年我在北京市场上看到那些泥鳅，瘦得像铅笔杆似的，那也叫泥鳅？我想起上世纪六十年代家乡的泥鳅，一根根，金黄色，像棒槌似的。传说有好多种吃泥鳅的奇巧方法。我听说过两种：一是把活泥鳅放到净水中养数日，让其吐尽腹中泥，然后打几个鸡蛋放到水中，饿极了的泥鳅自然是鲨吃鲸吞。等它们吃完了鸡蛋，就把它们提起来扔到油锅里，炸酥后，蘸着椒盐什么的，据说其味鲜美。二是把一块豆腐和十几条活泥鳅放到一个盆里，然后把这个盆放到锅里蒸，泥鳅怕热，钻到冷豆腐里去，钻到豆腐里也难免一死。这道菜据说也有独特风味，可惜我也没吃过。泥鳅在鱼类中最谦虚、最谨慎，钻在烂泥里，轻易不敢抛头露面，人们却喜欢欺负老实鱼，不肯一刀宰了它，偏偏要让它受尽酷刑。

秋天，茫茫大地鱼虾尽，又有螃蟹横行来。俗话说“豆叶黄，秋风凉，蟹脚痒”。在秋风飒飒的夜晚，成群结队的螃蟹沿河下行，爷爷说它们是到东海去产卵，我认为它们更像是要去参加什么盛大的会议。

螃蟹形态笨拙，但在水中运动起来，如风如影，神鬼莫测，要想擒它，绝非易事。

捉螃蟹，最好夜里。身披蓑衣，头戴斗笠，耐心等待，最忌咋呼。我曾跟随本家六叔去捉过一次螃蟹，可谓新奇神秘，趣味无穷。白天，六叔就看好了地形，悄悄地不出声。傍晚，人散光了，就用高粱秆在河沟里扎上一道栅栏，留下一个口子，口子上支一道网。前半夜人脚不静，螃蟹们不动。耐心等候到后半夜，夜气浓重，细雨蒙蒙，河面上升腾着一团团如烟的雾气，把身体缩在大蓑衣里，说冷不是冷，说热不是热，听着“噼噼嗤嗤”的神秘声响，嗅着水的气味，草的气味，泥土的气味。借着昏黄的马灯光芒，看到它们来了。它们来了，时候到了，它们终于来了。它们沿着高粱秆扎成的障子“哧哧溜溜”往上爬，极个别的英雄能爬上去，绝大多数爬不上去，爬不上去的就只好从水流急速的口子里走，那它们就成了我和六叔的俘虏。那一夜,我和六叔捉了一麻袋螃蟹。那时已是一九六三年,人民的生活正在好转。我把大部分螃蟹五分钱一只卖掉,换回几公斤麸皮。奶奶非常高兴,为了奖励我们,她老人家把剩下的螃蟹用刀劈成两半,沾上麸皮,在热锅里滴上十几滴油,煎给我们吃。满壳的蟹黄和索索落落的麸皮,那味道和感觉无法用语言形容。

冬季就有点惨了。地里有虫挖不出来,水里有鱼捞不上来,人的智慧是无穷的,尤其是在吃的方面。我们很快便发现,上过水的洼地面上,有一层干结的青苔,像揭饼似的一张张揭下来,放水里泡一泡,再放到锅里烘干,如锅巴,味若鱼片。吃光了青苔便剥树皮。搅得稀烂,再像摊煎饼一样烘烤。论味道,榆树皮是上品,柳树皮次之,槐树皮更次之。可惜,我不是蔡伦,造出来的也不是纸。

小红虫

——生活细笔之一

◎简媜

现在想想已有两年多了，但那只小红虫就像是我的朋友一样，深深地让我记忆着。

那年我高三，最机器化的年龄，每天窝在图书馆死啃活啃得不知天昏地暗。

有一天晚上，我正在看地理笔记，昏昏沉沉之际，突然发现一只很小很小的小红虫，比一粒沙子还小，慢慢地爬上我的笔记簿。我感到很新鲜，从来没见过这么小的虫，我几乎要怀疑是不是眼花了，把随手一点的红原子笔水看成是虫。但它真的在动，我瞪大眼睛看了一会儿，是真的小虫没错！多新鲜！我不禁趴在桌上看得出神。好可爱的小不点儿，它一定是刚到这个世界不久，瞧它红得那么弱，步伐那么轻细，只要我大力点儿呼吸，怕不把它吹到十万八千里远才怪哩！它没有固定的方向，似乎是漫无头绪地在摸索，它一定没搞清楚它站的地方到底是什么玩意儿。不过，我发觉它对颜色的辨别力很高，尤其是黑色，只要一碰到黑色，就马上变换方向，而且动作急速，仿佛相当惧怕的样子。最后，它终于穿过字与字之间的空隙，到达笔记簿上最大块的空白地方，它似乎很喜欢白色。我想，它是不会知道有我这么一个人正目不转睛地注视着它。它在白色的纸上安步当车，一点也意识不到是否有突发性的危险。我伸出一个指头慢慢地往下靠近它，希望它知道我的存在。可惜没有经过光线投射下的黑影。我的指头一直随着它移动，而它仍是不知不觉。我不知道小虫的世界里，有没有第三空间的存在，我的指头在它的上面猛动不停，它还是没知觉。这可惹恼我了，有几次，我几乎要直直压下去，对我而言，这是个很简单的动作，但我没这么做，说不上来为什么，杀一只虫还不至于有一秒钟的罪恶感，但我就是没压死它。不过，我打算给它一个难关，惩罚它对我的妨碍，如果它通过了，我就把笔记簿让给它去逍遥；如果没通过，只好不客气地请它另谋出路。我在桌上敲几下，算是通知它了。于是，拿起黑色原子笔，在它的周围画了一个大圆圈，然后慢慢涂黑，让黑色一步一步向它逼近。它的反应立即可见，急速地四处乱撞，碰到黑色就掉头，像被包围在熊熊烈火之中的人一样，只会乱冲乱撞，那样地惊恐、焦虑、无助。我想它现在的心情，大概跟我有一次走在地下道，突然灯全黑了，畏惧得不知如何是好的感觉一样。我的笔尖继续逼近它，它反向逃避，我转向又逼近，它错乱的程度几近疯狂，只会团团转，只会在渐渐缩小的空白里慌乱得不知所措，它那样地惧怕黑暗。我想，如果它知道上帝，我相信它会死命地喊着上帝，而这时候，我无疑地是它的上帝。最后，一团漆黑当中只留一点点空白让它立足，我囚住它了。我怀疑它是否能走出去，它是如此地畏惧黑暗。也许对一个小生命，这么做太苛了。我在想要不要释放它？突然，出乎我意料地，它静了下来，在仅存的空白里一动也不动，仿佛死去一般。我不禁纳闷起来，然而更让我惊讶的事发生了，我几乎不相信自己的眼睛，它竟然动了，不是在空白里转动，而是一步步慢慢地往黑暗走去，很笃定地朝着一定的方向，很镇静地走，没有慌乱、没有焦虑，更没有畏惧，像一只走惯黑暗的虫。是什么力量让它把黑色透视成白色，让它那么肯定黑暗之后就是白色？它不过是一只小小的虫子罢了，它怎么能够……它终于走出黑暗，我囚不住它，认输地把笔记簿让给它。

我想，它已有资格去走遍一个地球。

昆虫的天网

◎迟子建

与我交恶的昆虫，当首推蜜蜂了。在我的记忆中，它们就是一群隐藏在林间草畔的奸细，当你还欣赏它的雍容华贵之美时，它会出其不意地对你反戈一击，把你蜇得鼻青脸肿的。

蜜蜂确实很漂亮，它那细密的黑白间杂的绒毛就像贵妇人穿着的天鹅绒晚礼服，高贵而典雅。所以尽管它的身躯没有蝴蝶大，但是飞起来仍然给人姿态娴雅的感觉。蜜蜂喜欢群居，它们一旦飞出来，就是密密麻麻的一片。

我被蜜蜂狠狠蜇过两次。一次是七岁的夏天，妈妈带着我们姐弟三人回北极村的姥姥家，快乐地玩耍了十几天后，当离别的时刻到来时，妈妈通告我，我将被留在姥姥家里。我抗议，把一把筷子摔在丰盛的告别席上。饭后我怀着一线希望跟着亲戚们到船站送行，当我看着一艘轮船载着妈妈、姐姐和弟弟远去，我被真真切切地留在岸边时，有一种被遗弃的屈辱感，泪水扑簌簌地落了下来。为了表达我的不满，从码头回姥姥家时，我故意不走人走的路，到路边的柳树丛中蹚着草走。不幸就是在这时降临的，我不小心撞着了一个马蜂窝，倾巢而出的小黑绒球伸出锋利的触角，把我蜇得如入地狱般的痛苦，我的身上伤痕累累，最后只得由心疼得唏嘘落泪的姥姥给背回家去。从此后，即使看见在花间采蜜的没有攻击性的蜜蜂，我也没有好感。姥姥家仓房的屋檐下，吊着一个蜂窝，虽然按姥姥的说法蜇我的蜜蜂早就自绝了性命，但我觉得它们也不是什么好货色。为了报复它们，有一回我把自己武装到牙齿，将裤管和袖筒系紧，戴上手套和蚊帽，将脖颈和脚腕用毛巾裹上，让自己的皮肉无一处裸露的，然后我手执一个长杆，痛快淋漓地捣毁了那个蜂窝。家中有蜜蜂做巢，与燕子前来筑巢一样，被看做吉祥的象征，我捅了蜂窝，姥姥的忧伤可想而知了。那个掉下的蜂巢里还存有蜂蜜，虽然亲戚们并未深入责备，但我觉得自己是打碎了一个蜜罐，有些愧得慌。

另一次被蜜蜂袭击，是我回到母亲身边的时候，大约有十一二岁的样子吧。我挎着篮子去山中采都柿，先是不慎掉进一个塌陷了的坟坑中，胆战心惊地爬上来后不久，就撞上了一个吊在白桦树上的蜂窝，这回的敌人比较喜欢我的屁股，专朝那里蜇，使我在归家途中步履蹒跚的。

蜜蜂对我的两次围剿，使我至今对它们也没有好印象，看来仇恨在疼痛中已经不知不觉地做下了。

昆虫中最美丽也是最令我喜爱的，就是蝴蝶了。蝴蝶翅膀阔大，颜色妖娆，飞起来飘飘忽忽、风情万种的，比摇曳的流星还要炫目。当蝴蝶落在花朵上时，它就像还没有把旌旗展开的旗手一样，四翅竖立在背部，有一种静穆之美；而当它在阳光中展开羽翼，临风起舞时，它俨然就是一个盛装的新娘，人见人爱。蝴蝶有大有小，小的蝴蝶多是白色和黄色的，喜欢在庄稼地里翻飞；而大的蝴蝶以蓝色和紫色的居多，它们选择的生存领地多是茂密的林间和屋前成片的花圃。我最喜欢一种紫蝴蝶，它羽翼丰满，艳而不俗，紫色的羽翼上生有金红色的圆点和湖泊形态的白色斑点，我常常捉这种蝴蝶。我捉蝴蝶，可不像宝钗似的要用扇子去扑，扇子太金贵了，使不起，而且在我看来用它也极难扑到蝴蝶。我扑蝴蝶，把身上穿的布衫脱下来即是。蝴蝶不像蜻蜓似的可以高飞，所以也比较好扑。只不过有时候在花圃上扑它时，会连带着打落几朵花；在山中扑它时，布衫会被树枝挂出一道口子，为此而会遭到大人的责骂。但不管怎么说，蝴蝶是捉到手了。其实蝴蝶静止之时，你赤手空拳也能将它捉到。你屏住气息，慢慢向它靠近，冷不丁地伸出手指，在它还耸身为花朵的馥郁甜美而陶醉时，它那脆弱的翅膀已经被牢牢地捺住了。到了手的蝴蝶基本都活着，它们的命运有三种，要么被放到透明的大玻璃瓶中继续欣赏它的美丽，要么把它活生生地压在书页中做标本，要么用大头针从它的身子当中穿过，将它钉在天棚的电灯旁。那后一种蝴蝶的命运可说是最悲惨了。为了让灯畔能有一圈的紫蝴蝶环绕着，我不知要用大头针扎死多少只的蝴蝶，现在想来真是羞愧极了。

昆虫当中，我还喜欢蝈蝈和蜻蜓。绿色的雄蝈蝈叫起来非常清脆，我们常把它塞在蝈蝈笼中，把它吊到窗前。阳光照射着它，它就叫得欢。它喜欢吃倭瓜花，我就每天早晨到倭瓜地里摘那些还带着露珠的金黄的花朵。蝈蝈之所以拥有一副金嗓子，大约与吃这种金黄色的花朵有关吧。至于爱在水边飞翔的蜻蜓，我最喜欢的是它胸部的背面那两对膜状的翅，那是真正透明的翅膀。我见过的蜻蜓多是白色的，但也有黑色、红色和蓝色的，让人觉得蜻蜓也是一种花朵，只不过它是盛开在水面上的游动着的花朵。

昆虫也有它们的敌人，它们的敌人在我看来就是蜘蛛。蜘蛛是一种节肢动物，它圆头圆脑的，有细密的触须，它的肛门尖端能分泌一种黏液，而这黏液遇到空气后会凝结成丝，形成蛛网。蜘蛛用这张网就可以扑食昆虫。蛛网是透明的，隐蔽性强，有的悬在屋檐下，有的挂在豆角架上，还有的浮在树枝上，它们无疑就是撒向昆虫的一张张天网。飞翔着的昆虫在忘乎所以之时，往往就撞上了这张网，一命呜呼。我见过撞在蛛网上的蝴蝶和蜻蜓，它们被它紧紧缠住，脱身不得，让人怜惜。但是看到蜜蜂撞到蛛网上了，我就很解气，少年的我会指着它负气地说：坏东西，你也有今天啊！

虫子，爬吧

◎周涛

你说虫子算一个什么东西？虫子有什么了不起？有谁能把虫子放在眼里？

可是，虫子在爬着，它在蠕动着、蹦跳着、缓缓飞行或快速移动着……虫子就是这样，它不管你是不是喜欢它，欢迎它，它就出现了。它甚至连看也不看你一眼，自顾自地向着某个方向游移，也不知到底有没有什么正当、合理的目的。

虫子爬得很庄严，很有一点绅士风度，它似乎并不认为自己是这个世界上最渺小、最可怜、最让人轻视的生物，看样子它们并没有意识到这一点（它们缺乏起码的、应有的自我批判意识，它们自我感觉良好）。

特别是它们竟然毫未感觉到另一种伟大的存在正从一点八米的高空威严地俯瞰着它们，是好奇的关怀，也是可怕的威胁，它们丝毫没有感觉到，而且连看也没看一眼。自顾自，它们爬着。

有什么好爬的？傻家伙！

两座隆起的丘陵之上，是两根巨大的通天柱，柱上是写字楼；写字楼之上，是个似圆非圆的储水罐，罐上有一对黑白相间的圆球在转动，投射下两束含义不明的光（这两束光的名称叫“眼光”，虫子当然不会晓得）。

虫子没有理会这个庞然大物的存在，它依然在爬，而且似乎比较匆忙，反正它不是去幽会就是去觅食，除此之外没有什么别的好忙——这和我们人类大致没什么两样。也许在它心目中，俯察万类的巨物并不是什么生命，而只是一种风景，一座山峰之类的陪衬而已。此刻在世界上惟有它在活动。它并不觉得自己小，它正在地球上爬，正用它的爪子和腹部紧紧拥抱着地球，地球在转动，它在爬行，有什么理由认为它渺小呢？

各种虫子爬动的时候，那是姿态万方，各显其能的，看起来令人神往，有时候一不小心是可以使人入迷的。总的来看，虫子爬行的各种姿态比人丰富多彩得多了。

蚂蚁显得有点儿匆忙，但也经常有左顾右盼、犹疑彷徨的时候。它是一个坚定的种类，但勤劳坚定如蚁，也难免有“遇歧路而坐叹”，有团团旋转不知何去何从的时刻。所以，看看蚂蚁对我们人类是有启示意义的，因而也就懂了为什么自古就有“走路怕踩死蚂蚁”的人物。

金龟子会飞也会爬，它像一枚自己在地面上移动的小花伞。花伞上有黑斑点，底色深红，这种伞的工艺水平很高，印制雅致，一般出产在苏杭一带。它爬得沉稳，似乎因为它会飞，所以爬得不慌不忙，有闲适派的风格，也难免有一丝炫耀的味道。当然，它是美的，像一枚精致漂亮的图钉。

“图钉”在爬，旁若无人。它的小花伞对它来说是太大了，遮住了全身，只露出碎了的小米粒那般大小的脑袋，还有几根细脚爪。这就使它显得有些“鼠目寸光”了，它看不了多远，只能看到眼前的尺寸之地。可是它仿佛一边爬一边自言自语地说，“我看那么远有什么意思？我很美丽是吧——这就足够了”。

高耸于金龟子上空的俯察万类的那两道“眼光”，此时也不得不承认金龟子的自言自语是对的。尺寸有所长，万丈有所短，小小生物，何必强求都练就鹰的锐目呢？因为金龟子美丽，巨物的脚移开了，没有朝它背上踩下去，“眼光”想，让这枚精致的图钉移动吧，它多可爱。

实际上，在这人造的小花园不算太大的地面上，各式各样的小昆虫也不算少，也许它们把这误认为“自然”了。

灰色的小蚂蚱爬得慢，跳得快，它显得营养不良，像一些灾区儿童，还像三年自然灾害时期的农村青少年。零星的灰蚂蚱不时从草丛里弹射出来，划出一个漂亮的弧度，固然是有一些“绝唱”或“最后的华尔兹”的意味了。它们已远不如其祖先那样强健雄劲、遮天蔽日了，就像今天的蒙古人已不复有昔时成吉思汗的赫赫神武。

跳吧，蚂蚱。可怜的、孱弱的蹦跳族的后裔，如今好比孤零寡群……

那么扯着一根线从树枝上突然出现在人脸前的“吊死鬼”呢？它让人讨厌，复又令人哑然生笑。谁教给它这一套鬼把戏的？这个家伙怪模怪样的动作和表情，的确有一种滑稽可笑的样子，它是虫子里的小丑、恶作剧者，也是胆敢向庞然大物的人类挑衅的自不量力之徒。

但它是虫子，你能对它怎么样？捏死它，让人恶心；何况它滑稽，还是绕开些走吧——“吊死鬼”胜利了。

虫子们顽强地在这个世界上爬着，从不气馁，从不灰心；与人共处，与人相争。它们短暂的生存有什么意义呢？何况它们大部分是丑陋的、蠕动的，于人无益让人恶心的，如能灭绝之，似乎对于这个世界也并不见得少了什么；特别是苍蝇、蚊子、蟑螂之类，灭绝之，世界会显得清爽许多。

可是请问谁又能灭绝了它们呢？

造物主既然造了它，就有它生存的理由，也有它爬动的位置和空间。可是，为什么庞大的、凶猛的、美丽的生物反而纷纷消失灭绝呢？

答曰：因为大。

这时，“眼光”忽然从对虫子的怜悯转而生发出对自身的怜悯，是啊，人类不也是“生年不满百，常怀千岁忧”的么？人类之上，那双俯察芸芸众生的眼光又是谁的呢？在那双眼光里，人不是同样像一些蠕动的、爬行的、蹦跳的虫么？无穷层次的生物组成的链环环相套，一环扣一环，一物克一物，最后，最弱小的反而成了最强大的。恐龙只是体型大的虫子，老虎古人也称之为“大虫”，如此，把这些渺小的虫子们放大再放大，说不定，你就又会看到再现的恐龙了。

“缩龙成寸”，斯言信矣。

“眼光”这时也不再自觉为俯察万类的、主宰万物的超生物者了，它降低下来，开始以平等的心去认识、观察它们，它甚至想知道它们在想什么……

在虫子的世界里同样可以遨游。

“虫子，爬吧”，他低下身来温柔地这样轻轻说着。

蟋蟀之话

◎夏丏尊

“志士悲秋”，秋在四季中确是寂寥的季节，即非志士，也容易起感怀的。我们的祖先在原始时代曾与寒冷饥饿相战斗，秋就是寒冷饥饿的预告。我们的悲秋，也许是这原始感情的遗传。入秋以后，自然界形貌的变化反应在我们心里，引起这原始的感情来。

天空的颜色，云的形状，太阳及月亮的光，空气的触觉，树叶的色泽，虫的鸣声，凡此等等都是构成秋的情绪的重要成分。其中尤以虫声为最有力的因子，古人说“以虫鸣秋”，鸣虫实是秋季的报知者，秋情的挑拨者。

秋季的鸣虫可分为螽斯与蟋蟀二类，这里想只说蟋蟀。说起蟋蟀，往往令人联想到寂寥与感伤。“蟋蟀在堂”，“今我不乐”，三百首中已有这样的话。姜白石咏蟋蟀《齐天乐》云：“庾郎先自吟愁赋，凄凄更闻私语。……哀音似诉。正思妇无眠，起寻机杼。曲曲屏山，夜凉独自甚情绪。……候馆迎秋，离宫吊月，别有伤心无数。……写入琴丝，一声声更苦。”凡是有关于蟋蟀的诗歌，差不多都是带着些悲感的。这理由是什么？如果有人说，这是由自然的背景与诗歌上的传统口吻养成的观念情绪，也许是的。实则秋季鸣虫的音乐，在本质上尚有可注意的地方。

蟋蟀的鸣声,本质上与鸟或蝉的鸣声大异其趣。鸟或蝉的鸣声是肉声,而蟋蟀的鸣声是器乐。“丝不如竹,竹不如肉”,我国从来有这样的话,意思是说器乐不如肉声。其实就音乐上说,乐器比之我们人的声带,构造要复杂得多,声音的范域也广得多。声带的音色决不及乐器的富于变化,乐器所能表出的情绪远比声带复杂。箫笛的表哀怨,可以胜过人的悲吟;鼓和洋琴的表快悦,可以胜过人的欢呼。鸟的鸣声是和人的叫唱一样,同是由声带发出的,其鸣声虽较人的声音有变化,但既同出于肉质的声带,与人声究有共同之点。蝉虽是虫类,其鸣声由腹部之声带发出,也可以说是肉声。

蟋蟀等秋虫的鸣声比之鸟或蝉的鸣声,是技巧的,而且是器械的。它们的鸣声由翅的鼓动发生。把翅用显微镜检查时,可以看见特别的发音装置,前翅的里面有着很粗糙的锯状部,另一前翅之端又具有名叫“硬质部”的部分,两者磨擦就发声音。前翅间还有一处薄膜的部分,叫做“发音镜”,这是造成特殊的音色的机关。秋虫因了这些部分的本质和构造,与发音镜的形状,各奏出其独特的音乐。其音乐较诸鸟类与别的虫类,有着如许的本质的差异。

螽斯与蟋蟀的发音样式大同小异:螽斯左前翅在上,右前翅在下;蟋蟀反之,右前翅在上,左前翅在下。又,螽斯的锯状部在左翅,硬质部在右翅;而蟋蟀则两翅有着同样的构造。此外尚有不同的一点:螽斯之翅耸立作棱状,其发音装置的部分较狭;蟋蟀二翅平叠,因之其发音部分亦较为发达。在音色上,螽斯所发的音乐富于野趣,蟋蟀的音乐却是技巧的。

无论鸟类、螽斯或蟋蟀,能鸣只有雄,雌是不能鸣的。这全是性的现象,雄以鸣音诱雌。它们的鸣,和南欧人在恋人窗外所奏的夜曲同是哀切的恋歌。蟋蟀是有耳朵的，说也奇怪，蟋蟀的耳朵不在头部，倒在脚上。它们共有三对脚，在最前面的脚的胫节部具着附有薄膜的细而长的小孔，这就是它们的耳朵。它们用了这“脚耳”来听对手的情话。

蟋蟀的恋歌似乎很能发生效果。我们依了蟋蟀的鸣声，把石块或落叶拨去了看，常发见在那里的是雌雄一对。石块或落叶丛中是它们的生活的舞台，它们在这里恋爱，产卵，以至于死。

蟋蟀的生活状态在自然界中观察颇难，饲养于小瓦器中，可观察到种种的事实。蟋蟀的恋爱生活和他动物及人类原无大异，可是有一极有兴趣的现象：它们是极端的女尊男卑的，雌对于雄的威势，比任何动物都厉害。试把雌雄二蟋蟀放入小瓦器中，彼此先用了触角探知对方的存在以后，雄的即开始鸣叫。这时的鸣声与在田野时的放声高吟不同，是如泣如诉的低音，与其说是在伺候雌的意旨，不如说是一种哀恳的表示。雄的追逐雌的，把尾部向雌的接近，雌的犹淡然不顾。于是雄的又反复其哀诉，雌的如不称意，犹是淡然。雄的哀诉，直至雌的自愿接受为止。交尾时，雌的悠然爬伏于雄的背上，雄的自下面把交尾器中所挟着的精球注入雌的产卵管中，交尾的行为瞬时完毕。饲养在容器中的蟋蟀，交尾可自数次至十余次，在自然界中想必也是这样。这和蜜蜂或蚕等只交尾一次而雄的就死灭的情形不同了。说虽如此，雄蟋蟀在交尾终了后，不久也就要遇到悲哀的运命。就容器中饲养的蟋蟀看，结果是雌的捧了大肚皮残留着，雄的所存在者只翅或脚的碎片而已。这现象已超过女尊男卑，入了极端的变态性欲的范围了。雄的可说是被虐待狂的典型，雌的可说是虐待狂的典型了吧。

原来在大自然看来，种的维持者是雌，雄的只是配角而已。有些动物的雄，虽逞着权力，但不过表面如此，论其究竟，负重大牺牲的仍是雄。极端的例可求之于蜘蛛或螳螂。从大自然的经济说，微温的人情——虫情原是不值一顾的，雄蟋蟀的悲哀的夙命和在情场中疲于奔命而死的男子相似。

蟋蟀产卵，或在土中，或在树干与草叶上。先入泥土少许于玻璃容器，把将产卵的雌蟋蟀储养其中，就能明了观察到种种状况。雌蟋蟀在产卵时，先用产卵管在土中试插，及找得了适当的场所，就深深地插入，同时腹部大起振动。产卵管是由四片细长的薄片合成的，卵泻出极速，状如连珠，卵尽才把产卵管拔出。一个雌蟋蟀可产卵至三百以上。雌蟋蟀于产卵后亦即因饥寒而死灭，所留下的卵，至次年初夏孵化。

蟋蟀在昆虫学上属于“不完全变态”的一类，由卵孵化出来的若虫差不多和其父母同形，只不过翅与产卵管等附属物未完全而已。这情形和那蝶或蝇等须经过幼虫、蛆蛹、成虫的三度变态的完全两样。（像蝶或蝇等叫做“完全变态”的昆虫。）自若虫变为成虫，其间须经过数次的脱皮，不脱皮不能生长。脱皮的次数也许因种类而有不同，学者之间有说七次的，有说八次或九次的。每次脱皮以前虽没有如蚕的休眠现象，可是一时却不吃东西，直至食道空空，身体微呈透明状态为止。脱皮时先从胸背起纵裂，连触角都脱去，剩下的是雪白的软虫，过了若干时，然后回复其本来特有的颜色。这样的脱皮经过相当次数，身体的各部逐渐完成。变为成虫以后，经过四五日即能鸣叫，其时期因温度地域种类个体而不同，大概在立秋前后。它们由此再像其先代的样子，歌唱，恋爱，产卵，度其一生。

蟋蟀能草食,也能肉食。普通饲养时饲以饭粒或菜片,但往往有自相残食的。把许多蟋蟀置入一容器中,不久就会因自相残食而大减其数。

雄蟋蟀富于斗争性,好事者常用以比赛或赌博。他们对于蟋蟀鉴别甚精,购求不惜重价,因了品种予以种种的名号。坊间至于有《蟋蟀谱》等类的书。我是此道的门外汉,无法写作这些斗士的列传。

(1933年10月)

蟋蟀

◎陆蠡

小的时候不知在什么书上看到一张图画。题的是“爱护动物”。图中甲儿拿一根线系住蜻蜓的尾，看它款款地飞。乙儿摇摇手劝他，说动物也有生命，也和人一样知道痛苦，不要残忍地虐杀它。

母亲曾告诉我：从前有一个读书人，看见一只蚂蚁落在水里，他抛下一茎稻草救了它。后来这位读书人因诬下狱，这被救的蚂蚁率领了它的同类，在一夜工夫把狱墙搬了一个大洞，把他救了出来。

父亲又说：以前有一个隋侯，看见一只鹞子追逐着黄雀。黄雀无路可奔，飞来躲在他的脚下。他等鹞子去了，才把它放走。以后黄雀衔来一颗无价的明珠，报答他救命的恩德。

在书上我又读到：“麟，仁兽也，足不履生草，不戕生物。”

所以，我自幼便怀着仁慈之意，知道爱惜它们的生命。我从来不曾用线系住蝉的细成一条缝似的头颈，让它鼓着薄翅团团转转地飞。我从来不曾用头发套住蟋蟀的下颚，临空吊起来飕飕地转，把它弄得昏过去，便在它激怒和昏迷中引就它们的同类，促使它们作死命的啮斗。我从来不曾用蛛网络缠在竹箍上，来捉夏日停在墙壁上的双双叠在一起的牛虻。也从来不曾撕断蚱蜢的大腿，去喂给母鸡。

在动物中，我偏爱蟋蟀。想起这小小的虫，那曾消磨了多美丽的我的童年的光阴啊！那时我在深夜中和两三个淘伴蹑手蹑脚地跑到溪水对岸的石滩，把耳朵贴在地上，屏住气息；细辨在土磡的旁边或石块底下发出的“瞿瞿”的蟋蟀的声音所自来的方向。偷偷跑上前去，用衣袋里的麦麸做了记认，次晨在黎明时觅得夜晚的原处，把可爱的虫捉在手里。露濡湿了赤脚穿着的鞋，衣襟有时被荆棘抓破，回家来告诉母亲说我去望了田水回来，不等她的盘诘，立刻便溜进房中，把捉来的蟋蟀放在瓦盘里，感到醉了般的喜悦，有时连拖泥带水的鞋子钻进床去，竟倒头睡去了……

我爱蟋蟀，那并不是爱和别人赌钱斗输赢，虽则也往常这样做。但是我不肯把战败者加以凌虐，如有人剪了它们的鞘翅，折断了它们的触须，卑夷地抛在地上，以舒小小的心中的怨愤。我爱着我的蟋蟀，我爱它午夜在房里蛩蛩的“弹琴”，一如我们的术语所说的。有时梦中恍如我睡在碧绿的草地上，身旁长着不知名的花，花的底下斗着双双的蟋蟀；我便在它们的旁边用粗的石块叠成玲珑的小堆，引诱它们钻进这石堆里，我可以随时来听它们的鸣斗，永远不会跑开……

我爱蟋蟀，我把它养在瓦盘里，盘里放了在溪中洗净了的清沙，复在其中移植了有芥子园画意的细小的草，草的旁边放了两三洁白的石块，这是我的庭园了。我满足于自己手创的天地，所谓壶底洞天便是这般的园地更幻想化的罢了，我曾有时这样想。我在沙中用手指掏了一个小洞，在洞口放了两颗白米，一茎豆芽；白米给它当作干粮，豆芽给它作润喉的果品。我希望这小小的庭园会比石滩上更舒适，不致使它想要逃开。

在蒙蒙的雨天，我拿了这瓦盘到露天底下去承受这微丝般的烟雨，因为我没有看到露水是怎样落下来的，所以设想这便是它所喜爱的露了。当我看到乌碧的有美丽的皱纹的鞘翅上蒙着细微的雾粒，微微开翕着欲鸣不鸣似的，伴着一进一退地颤抖着三对细肢，我也感到微雨的凉意，想来抖动我的身躯了。有时很久不下细雨，我便用喷衣服的水筒把水喷在蟋蟀的身上。

听说蟋蟀至久活不过白露。邻居的哥儿告诉我说。

“为什么呢?”

“那是因为太冷。”

“只是因为太凉么?”

“怕它的寿命只有这几天日子罢。”

于是我翻开面子撕烂了的旧的黄历本，去找白露的一天，几时几刻交节。我屈指计算着我的蟋蟀还可以多活几天，不能盼望它不死，只盼望它是最后死的一个。我希望我能够延长这小动物的生命。

早秋初凉的日子，我便用棉花层层围裹着这瓦盘，沙中的草因不见天日枯黄了，我便换上了绿苔。又把米换了米仁。本来我想把它放在温暖的灶间里，转想这是不妥的，所以便只好这样了。

我天天察看这小虫的生活。我时常见它头埋在洞里，屁股朝外。是避寒么，是畏光么？我便把这洞掏得更深一些。又在附近挖了一个较浅的洞。

有一天它吃了自己的触须，又有一次啮断自己的一只大腿，这真使我惊异了。

“能有一年不死的蟋蟀么?”我不只一次地问我的母亲。

“西风起时便禁受不住了。”

"设若不吹到西风也可以么?"

"那是可怜的秋虫啊！你着了蟋蟀的迷么？下次不给你玩了。"

我屈指在计算着白露的日期。终于在白露的前五天这可怜的虫便死了。天气并不很冷,只在早晨须得换上夹衣,白昼是热的。园子里的玉蜀黍,已经黄熟了。

我用一只火柴盒子装了这死了的虫的肢体,在园子的一角,一株芙蓉花脚下挖了一个小洞,用瓦片砌成了小小的坟,把匣子放进去,掩上了一把土,复在一张树叶上放了三粒白米和一根豆芽,暗暗地祭奠了一番。心里盼望着夜间会有黑衣的哥儿来入梦,说是在地下也平安的罢。

"你今天脸色不好。着了凉么！孩子?"

母亲这样的说。

蟋蟀

◎李霁野

在《早餐桌上的君主》(*The Autocrat of the Breakfast Table*)里,霍姆斯(Oliver W. Holmes)说到有些声音,对于他有种神秘的暗示,永远难以忘却。首先是运木车清晨从雪上轧过的清脆声响;其次是"星期六晚间特有的"蟋蟀(Cricket),还有一种他自己也决定不了,大概是多里以外,海上的浪声吧;最后是两个妇人、一个孩子的语声。

妇人孩子的声音,我自然欢喜的颇有,但我想,和他所形容的还不敢比较,我只好默默无言了。我未曾住过海滨,所以即使第三种是浪声,我也很觉隔膜。清晨的车声,我倒是从这得到过一些愉快,虽然所运的是土,而且很少从雪上走过的时候。

在北平住时,冬天黎明醒来,从屋外首先传来的,总是路上运土车的声响。我也不知道为什么,这声音总引起一种特殊的快感。或者因为身心的疲倦已经休息过来,心情容易愉快,乐于听到白天的生活开始吧?但是我并不是早起的勤快人:我总懒懒地躺在温暖的被窝里,让生活走在我的前面,太阳慢慢爬上我的窗子。理由且不去管它,这样卧听车声,"其中有一种愉快,类似享乐主义者的豪奢",我却点头认可。

然而这声音总常使我向前看,想着现在,并不回顾过去;

而且现在说来，还是不到十年的事，所以还不能算是老朋友，到这里也只好“按下不表”了。

至于那被我假定做“蟋蟀”的 Cricket 是否是密尔顿（Milton）诗中所说的：

Far from all resort of mirth
Save the cricket on the hearth

我很是浅陋，实在决定不了。这位霍姆斯先生是一位清教徒；清教徒的休息日是从星期六日落时开始，在那一切静止的空气中，蟋蟀（我们姑且假定是）的声音特别清晰，所以他以为那是“星期六晚间特有的”。密尔顿也是一位清教徒。这点同教之谊，使我疑心他们所说的是同样的小动物。——自然，这不是靠得住的推想。

但是，是否相同，对于我却有一点重要。

我想，密尔顿所说的，是我们俗语称作“灶马子”或“灶妈子”的一种，和蟋蟀是截然不同的，虽然长得很相似。你看，我连这小动物的名字也写不清楚，可见我的推想未必可靠，生物学的分类更是不必梦想的了。

不过，我闹不清名字，也自有一种理由。小的时候，冬天的夜晚，我常常听到从灶台里发出一种凄切的音调，心里总奇怪炉火怎么不会把这种小动物烧烤死。有时候也看到它们在灶台上跳跃。对于这种神秘的生物，自然就有点好奇心，要问到名字，还要问起得名的缘由。

有人对我说，这是灶君升天骑用的马，开罪不得的，所以莫想擒捉。那么，我想，应该叫做“灶马子”无疑了。但是也有人说，这些是灶君的夫人和如夫人（俗语只管叫做灶奶奶），所以更非敬重不可，不过名字也须变换，似乎是“灶妈子”才是了。

“马子”呢，“妈子”呢，我很茫然，也无心考证，只好留给有癖的读者去解决了。

若是我的推想竟不错，密尔顿所指的就是这一种，我只有向诗人鞠躬告退了。若是霍姆斯所说的和他竟相同，向这位“专制君主”，我也只有把手话别了。我对于这种闹不清名目的小动物，并没有怎样的喜好。

但霍姆斯所指的若果真是蟋蟀，他的这段文章，我便觉得更为亲切了，因为车声虽然还算不了我的老朋友，蟋蟀却是。

在我还很小的时候，我常常看见一位堂兄深夜起来，拿了灯笼轻轻走到院里去，说不清要做什么事。久了总想看看究竟，有时也窃窃随着走出去。他常蹲在墙边的地下，静听很久，然后才用一根细铁丝慢慢向墙缝里去剔拨。有时他拿了铁丝罩在院里跳来跳去，我真疑心他是中了魔；他总摆手不让我说话，更使我有这样的恐惧了。待到白天他用蟋蟀草触弄蟋蟀的尾巴使它鸣叫，我才明白头天晚上他是捉蟋蟀。

看见他能欢喜得眉飞色舞，那鸣声也确是好听，我渐渐也就觉得这是很有趣味的了。我也同样学他做，但我所剔拨的墙缝，什九总是空无所有。有时顺着他的铁丝头，确有蟋蟀跳出来，而他只看一眼，便往往置之不顾了。我不免惊异，便用自己的铁丝罩，从这逃亡的蟋蟀中，罩住一两个，自己也就觉得很是欢喜了。

待到白天向人夸示，往往只得到人轻淡的微笑，没有一句赞词，使得我更是莫名其妙了。后来才知道捉得的是三只尾巴的女性，不能上战场，所以我的堂兄和别人都不屑要。

从此我便加意奋发，要捉到几只可以称雄的两尾的男性。常可遇到蜈蚣、蝎子，我不再害怕一点了。我也不怕脏了衣服和手，可以趴倒，跪下了，过了不久，也居然捉到几只！

大家议定，不久要斗一回蟋蟀，于是备战的竞争便紧张起来了。

离我家一二里，有一座古庙，院里堆着许多碎砖断瓦，自然是出产蟋蟀最多的处所。夜间我们谁也不敢去，但是傍晚我们却常到。据说这里的蟋蟀，在我们前一代便有名，这时虽然随着斗蟋蟀的风气衰微，余威也还被一般人所重视：所以谁也想在这里收罗名将。

我的堂兄和表弟，往往连二尾的也弃置，仿佛一看便知道是不能立功的败卒。我却是兼容并收，虽然就这样，总数也远不如他们多。但我总私心里怀着一种希望：我能遇到一个以一败百的、称雄的蟋蟀。

我们三个约定斗蟋蟀了。这次的战绩，也不比捉得三尾向人夸示时荣耀！我的蟋蟀总只咬一嘴两嘴，甚至一嘴不咬，便被别人的追得绕盆直转，仿佛很是恋家，急于回去一样。我想这也难怪吧，我在每个盆里总也养着一个三尾的蟋蟀。他们互有胜负，但是"常胜将军"的荣衔，不记得被哪方面的蟋蟀赢去了。

从此以后，我的野心烟消云散，对于不可一世的胜将，任它怎样振翅骄鸣，我也没有要佩服的意思了，但是对于蟋蟀的兴趣，却并没有因此消失。去年夏季在朋友的院子中见到蟋蟀草还无意用手摘几枝，从一头劈出绒毛，向他说起以前的故事。在乡间夜晚听到蟋蟀时，也总不禁回想那渺如隔世的昔日。

不过活在我记忆中的对于蟋蟀的喜悦，只在那清脆和平的“弹琴”的音调；这在战败以后才被我发觉，重视。在静寂的深夜，这音调随着我童年的梦想和希望，有时凄凉，有时欢快，仿佛是我内心的音乐。

伤了一点我的骄傲的，是那战胜高鸣的蟋蟀，然而从这败绩所生的结果，已经够我感谢的了。何况我的堂兄和表弟，在我的蟋蟀战败之后，总安慰着我说，这是偶然的不巧，给点怎样的食物吃，不久就可以好起来了。我现在回想着，还不禁愉快地微笑。

“葛登——葛登——”我愿在仲夏或深秋的夜，一听这样的蟋蟀琴音。它像咒语一样，会把我引入童年的梦境。

（1937年4月5日夜　天津）

蟋蟀

◎张中行

日前，受老友南星兄《松堂集》的启发，我写了一篇《螳螂》。就我的笔下说，这是用缚鸡之力扛鼎。但是既已写了，再说力不足也就成为多余。不说，是向狂妄靠近一步。想不到有那么一天，忽然胆量更大，想，一不做，二不休，索性再来一篇，以免我爱看的螳螂孤军作战。于是想写什么，一想就想到蟋蟀。想到它，主要是由耳之官出发的，是秋凉叶落的时候，在草丛，在墙角，听到蟋蟀的断续鸣声，我会暂忘掉烦嚣，忘掉利禄，而想到往昔，想到远人，想到流水落花春去也，以及领悟，多种执着、多种斗争的没有意味。这忘掉，这想到，这领悟，有什么值得珍惜的价值吗？曰有，不过是离人生的深处近一些而已。

以上泛论完，改为说事。蟋蟀又名促织，谚语有“促织鸣，懒妇惊”的说法，可见至少是懒妇，是并不欢迎蟋蟀的鸣声的。勤妇呢，想来是秋风送爽之前，冬日御寒的衣物就已经准备停当，因而蟋蟀叫不叫，就与她水米无干。促织，于促懒妇织之外，近年还起了更大的作用。这是因为柳泉居士宴坐聊斋，写了一篇《促织》，据说宜于以之为教材，进行阶级教育。故事是由有些高贵人物喜欢斗蟋蟀引起的，我对斗蟋蟀毫无兴趣，连带的对于《促织经》《蟋蟀谱》一类书，也就没有兴致看，再株连,《促织》,虽然出身于聊斋,看一次,也就不想“学而时习之”了。

有关蟋蟀的文献,就我的孤陋寡闻所知,最早见于《诗经》的《豳风·七月》。那是这样说的:“七月在野,八月在宇,九月在户,十月蟋蟀入我床下。”念这样的记述,由不同的角度会有不同的感受。新时代的解说家会看到阶级压迫,因为据说,《七月》所吟咏是农奴诉苦之音,蟋蟀入床下,可见房屋之破,不能蔽风雨。此外还会看到写景物笔法之高妙,既观察细密,又简而得要。实况是不是这样?我不知道,“六经皆我注脚”,由它去也好。改为由蟋蟀的角度看,这就不再有什么涉及大道理的神奇,不过是炎夏度过,天气渐冷,在野受不了,不得已而趋近人烟,争取多活几天而已。这样看,这样说,未免杀风景,要改为说自己的感受。不幸也难于取得欢快,是我很想有这样一个十月,蟋蟀来我床下,从而在冷烛残宵、西园梦断的时候,枕上能听到床下的蟋蟀鸣声,就可以略减一些凄凉,而多年以来,就记忆所及,蟋蟀始终没有来我床下。我追求原因,是生活由乡而城,由四合院而高层楼,总是离田野越来越远了。入门上高楼,出门上公路,脚不再踏青草,耳边也就断了蟋蟀声。这就是走向文明吗?至少是同时,我们也丢掉不少更值得珍重的东西。

更值得珍重,我的私见,是离金钱远,离诗境近。“蟋蟀入我床下”是诗,虽然它不能换来名和利。那就沿着诗这条路走下去。《诗经》以后,作诗提到蟋蟀的地方不少,我最欣赏白居易的一联:“一天霜月凄凉处,几杵寒砧断续中。”在这样的时令,有砧杵声陪衬,蟋蟀的鸣声就更容易使人陷入沉思,远离烟火。咏蟋蟀,姜白石还有一首压卷之作,是《齐天乐》(黄钟宫)词,有序说作此词的来由:“丙辰岁(南宋宁宗庆元二年〔公元一一九六〕,年四十一),与张功父(名镃)会饮张达可之堂,闻屋壁间蟋蟀有声,功父约予同赋,以授歌者。功父先成(案为《满庭芳》词),辞甚美。予裴回(徘徊)末利(茉莉)花间,仰见秋月,顿起幽思,寻亦得此。……”词如下:

庾郎先自吟愁赋,凄凄更闻私语。露湿铜铺,苔侵石井,都是曾听伊处。哀音似诉。正思妇无眠,起寻机杼。曲曲屏山,夜凉独自甚情绪?　　西窗又吹暗雨,为谁频断续,相和砧杵?候馆迎秋,离宫吊月,别有伤心无数。豳诗漫与。笑篱落呼灯,世间儿女。写入琴丝,一声声更苦。

姜白石以善填词著名,不只名,还从范成大那里得个香艳报酬,美丽的歌女小红。大喜之余,作诗云:“自制新词韵最娇,小红低唱我吹箫。”这次作《齐天乐》,也是供歌女唱,因为所咏是蟋蟀,就换为起于“愁赋”,终于“更苦”。在花鸟草虫中,蟋蟀与杜鹃同性质,鸣,啼,向人索取的报偿不是笑,而是泪。这有什么好吗?我觉得很好,是因为泪来于更深的爱,爱往昔,爱意中人,爱春花,爱秋月,直到爱邂逅的一草一木,总之是爱人生,而天命有定,华年易逝,绮梦难偿,无已,只好以涕泣了之。蟋蟀鸣声的价值就在于能够引来涕泣,陪伴涕泣。

人性总是难于用尺量的,有时长歌当哭,有时乐极生悲,所以虽然蟋蟀鸣声会引来愁苦,有不少人还是愿意到草丛和墙角去听“哀音似诉”。甚至高级佳人,不便于到草丛墙角,就变个办法,养,使远在墙边成为近在枕边。有《开元天宝遗事》的所记为证:

> 每至秋时，宫中妃妾辈，皆以小金笼捉蟋蟀闭于笼中，置之枕函畔，夜听其声。

依照宝二爷的高论，妃妾是水做的，所以意在听其声，雅。至于泥做的贾似道，也养，可是意在坐于半闲堂，看斗，就自郐以下了。我在前面已经说过，对于挑拨并欣赏蟋蟀斗，我没有兴趣，甚至没有好感。可是对于养，因为还有“置之枕函畔”的一路，就网开一面，或者夸张一些说，还有些喜爱吧。但表示喜爱却有个限度，是收小工艺品，也不弃蛐蛐罐而并不养。计多年所得，澄泥的，葫芦的，也颇有几件。不养，如何“夜听其声”呢？曰，如陶公靖节之“畜素琴一张，无弦，每酒适，辄抚弄以寄其意”。罐之类，比无弦琴更有优越性，是连抚弄也可省，只要置之案头，注视，即可得佛家之境由心造。

境由心造，今日想象，其善果为若有。想象之力还可以加大到出圈儿，或可称之为“遐想”。关于蟋蟀，我就曾遐想，如果百年之后，一切不维新，那就还要有个长眠之地，宿草之下还有地下之知，不能不感到孤寂吧？当然，最好能有个《聊斋志异》中“连琐”那样的邻居，那就月明之夜，可以侧耳听“元夜凄风却倒吹，流萤惹草复沾帏”的诗句。但就是不维新之日，这样的奇遇又谈何容易！所以仍要务实，求个十拿九稳的，这是蟋蟀，秋风乍至，坟边宿草未黄的时候，它总会来叫几声吧？若然，它就如《后汉书 · 范式传》所说，成为“死友”了。遐想飞得太远了，要赶紧收回来，如何结束呢？只好求救于陆放翁，借他的诗一句，自己配一句，曰：“身后是非谁管得，有闲仍欲听秋虫。”就此下台阶，住笔。

促织，促织！

◎宗璞

秋来了。

不知不觉间，秋天全面地到来了。

最初的信息还在玉簪花。那一点洁白的颜色仿佛把厚重的暑热戳了一个洞，凉意透了过来。渐渐地，鼓鼓的小棒槌花苞绽开了，愈开愈多，满院中弥漫着淡淡的香气。人走进屋内有时会问一句，怎么会这样香，是熏香还是什么？我们也答说，熏香哪有这样气味，只是花香侵了进来罢了。花香晚间更觉分明，带着凉意。

一个夏天由着知了聒噪，吵得人恨不得大喝一声“别吵了”！也只能想想而已，谁和知了一般见识？随着玉簪的色与香，夜间忽然有了清亮无比的鸣声，那是蟋蟀！叫叫停停，显得夜愈发的静，又是一年一度虫鸣音乐换演员的时候了。知了的呐喊渐渐衰微，终于沉默。蟋蟀叫声愈来愈多，愈来愈亮。清晨在松下小立，竹丛里，地锦间都有不止一支小乐队，后来中午也能听到了。最传神，最有秋之音韵的鸣声是在晚间，似比白天的鸣声高了八度，很是饱满。狄更斯在《炉边的蟋蟀》这篇小说里形容蟋蟀的叫声“像一颗星星在屋外的黑暗中闪烁。歌声到最高昂时，音调里便会出现微弱的，难以描述的震颤”。小说的男女主人公都喜欢这小东西，说炉边能有一只蟋蟀，是世界上最幸运的事。

我们的小歌者中最优秀的一位也是在厨房里。它在门边，炉边，碗柜边，水池边转着圈鸣叫，像要叫醒黑沉沉的夜，叫得真欢！叫到最高昂处似乎星光也要颤一颤。我们怕它饿了，撕几片白菜叶子扔在当地，它总是不屑一顾。

养蟋蟀有许多讲究，可以写几本书。我可无意此道，几十年前亲戚送的古雅的蛐蛐罐，早不知到哪里去了。我喜欢在自然环境中蟋蟀的歌声，那是一种天籁，是秋的号角，充满了秋天收获的喜悦。

家人闲话时，常常说到家中的两个淘气包——两只猫；说到一只小壁虎，它每天黄昏爬上纱窗捉蚊子，恪尽职守；说到在杂物棚里呼呼大睡的小刺猬，肚皮有节奏地一凸一凹，煞是好看。也说到蟋蟀，这小家伙，为整个秋天振翅长鸣，不惜用尽丹田之气。它的歌声使人燥热的梦凉爽了，使人凄清的梦温暖了。我们还讨论了它的各种名字。蟋蟀，俗名蛐蛐，一名蛩，一名促织。

促织这两个字很美，据说是模仿虫鸣声，声音似不大像，却给人许多联想。促织，可以想到催促纺织，催促劳动，提醒人一年过去了大半，劳动成果已在手边，还得再接再厉。

《聊斋志异》中有《促织》一篇，写官府逼人上交蟋蟀，九岁孩童为了父母身家性命，魂投蟋蟀之身。以人的智慧对付虫，当然所向披靡。这篇故事不止写出以皇帝为首的统治者的暴虐荒唐，更写出了人的精神力量，生不可为之事，死以魂魄为之！这是一种坚定执著，无畏无惧，山河为动，金石为开的力量。

近来，我非常不合潮流地厌恶“潇洒”这两个字。这两个字已被用得极不潇洒了，几乎成了不负责任的代名词。潇洒得有坚实的根底，是有源有本，是自然而然的一种人格体现，不是凭空追求能得到的。晋人风流的底是真情，晚明小品空灵闲适的底是妙赏。没有底，只是哼哼唧唧自哀自怜，或刻意作潇洒状，徒然令人生厌。

听得一位全国重点中学的教师说，她班上有一个学生既聪明，又勤奋，每天时间按半小时一单位排好，决不浪费时间。她向别的同学推广，有些人竟嗤之以鼻，说“太牲了！”经过解释，才知道牲者畜牲也，意思是太不像人了。

究竟怎样才像人？才是人？才能做与“天地参”的人？只是潇洒么？只是好玩么？

听听那小蟋蟀！它还在奋力认真的唱出自己的歌！

促织，促——织——。

（1994年8月）

蟋蟀国

◎流沙河

小鸡养一群又一群，到头来一只只果了芳邻饿狗之腹。心伤透了，烧掉竹编鸡笼，誓同羽族绝缘。这是批林批孔那年的事了。我家小园，鸡踪既灭，夏草秋花，次第丛生。金风一起，园中便有蟋蟀夜鸣。古语云：“蟋蟀鸣，懒妇惊。”惊什么？惊寒衣之犹未备也。明代文人记京师童谣云；“蟋蟀瞿瞿叫，宣德皇帝要。”蒲松龄据此写悲惨的蟋蟀故事入《聊斋志异》。《诗经》咏及蟋蟀，《豳风》、《唐风》两见。自此代代有之，不胜枚举。这小虫有资格竞选中华的国虫，惜乎虫格稍低于蝉，缺少蝉的高洁，而且好斗。不过好斗也属优秀品质，在那些年。倒是蝉因自高自洁，常被揪斗。有诗人回笔写那些年，说中国人被挑拨起来互相狠斗，斗得冤冤不解，如斗蟋蟀一般。妙！愈想愈妙！

蟋蟀一科，种类繁庶，最著名的当数油葫芦和棺材头。油葫芦长逾寸，圆头，遍体油亮，鸣声圆润如滚珠玉。棺材头短小些，方头，羽翅亦油亮，鸣声凌厉如削金属。油葫芦打架，互相抱头乱咬，咬颈，咬胸，咬腿，野蛮之至。棺材头打架，互相抵头角力；显得稍为文明，基本符合“要文斗，不要武斗”的原则。不过遇着势均力敌，双方互不退让，也兴抱头乱咬。吾乡儿童特看重棺材头，瞧不起油葫芦，呼之曰和尚头。和尚头这名称已寓有嘲谑意。和尚头确实也傻头傻脑，乱跑乱爬，毫无威仪可睹。棺材头则不然，姿态庄重，步伐稳健，沉着迎敌，从容应战。吾乡儿童所捕所养所斗，皆限于棺材头，和尚头不与焉。所谓蟋蟀，在吾乡乃指棺材头而言。特此说明。

在我家小园，蟋蟀的天敌是鸡。鸡在墙边地角搜查缝隙，啄食一切昆虫。更凶的一着是用双爪扒垃圾，扒瓦砾，扒草荄与花根，扒出虫卵就啄。鸡有耐性，不厌其烦，天天搜查天天扒，害得蟋蟀难以安身立命，难以传宗接代。批林批孔那年的暮春，多亏最后一群天敌被芳邻饿狗吃绝了，蟋蟀得以复国，夜夜欢奏“虫的音乐”于清秋的小园。

夜凉如水。疲劳一天的我，此时独坐门前石凳，摇扇驱蚊，静听小园蟋蟀的歌。忽然想起我这四十年来唱了多少歌哟。且让我算算吧。记忆中最早的一支歌《空枝树》是偎在慈母膝下，跟着她唱会的。歌曰：

> 空枝树，不开花。
> 北风寒，夕阳西下。
> 一阵阵，叫喳喳。何处喧哗？
> 何处喧哗？原来是乌鸦。
> 乌鸦，乌鸦，你……

人的一生用这样一首歌开了头，还能有什么好命运。混到中年，自己也成了空枝树。哦，不空不空，有树冠呢，一顶右派帽子。到五六岁，跟着堂兄七哥唱会《吹泡泡》、《渔光曲》。读小学，唱《满江红》，唱抗日救亡的歌。稍大些，唱《黄河大合唱》。入初中，莫名其妙，唱《山在虚无缥缈间》。上高中，唱四十年代电影的流行歌，唱美国的歌，后来又唱《古怪歌》、《山那边好地方》、《你是灯塔》、《走！跟着毛泽东走》这一类进步歌。解放后，成年了，唱五十年代光明的歌，唱朝鲜的歌，唱苏联的歌。自从有了《社会主义好》这支绝妙的歌，我就喑哑了，不再唱歌了。十多年以后，现在，我参加黑五类的夜学，奉命唱语录歌，唱“敬爱的毛主席，我们心中的红太阳”，唱“你不打，他就不倒”。四十年来，人类的歌变了多少花样，蟋蟀的歌却同我小时候听见的一模一样。这太熟稔的歌，真能唤醒童年，使我惊愕四十年如一瞬。而使我更为惊愕的是忽然想起南宋叶绍翁的这一首七绝：

萧萧梧叶送寒声，
江上秋风动客情。
知有儿童挑促织，
夜深篱落一灯明。

仿佛看见那个捉蟋蟀的儿童就是我哟！不但叶绍翁看见过我的“一灯明”，也是南宋的姜夔还看见过我本人呢。他不是在《齐天乐·蟋蟀》词内写过“笑篱落呼灯，世间儿女”的名句吗。小时候我酷爱捉蟋蟀。捉蟋蟀，在我，其乐趣远胜过斗蟋蟀（我打架总吃亏）。童年秋天傍晚，只要侦听出庭院有蟋蟀在叫，我便像掉了魂似的，吃晚饭无心，做夜课无心，非把这只蟋蟀捉入笼中不可。

此时独坐门前石凳听蟋蟀的悲歌，徒生感慨罢了，倒不如去捉，或能捉回一瞬间的童年。兴趣来了，说干就干。我锯一截竹筒，径寸，长尺，一端留竹节，一端不留。然后用自制的小刀在竹筒上刻削出密密的五条平行窄缝。一具蟋蟀笼就这样做成了。不是吹牛，我做这玩艺儿真可谓驾轻就熟。我是沿着刀路走回童年去啊。

小儿余鲲七岁，深夜不归，在外面大院坝伙同别的小孩游戏。我去叫他回来，悄悄告诉他今夜捉蟋蟀。说是捉给他玩，其实是想让他看看爸爸捉蟋蟀的本领。此事无关父爱，读者明察。

夜既深矣，小园蟋蟀鸣声更响、更急、更繁。不过我很容易听出来，大多数是可笑的和尚头即油葫芦，只有三四只是我要捉的棺材头。那些和尚头求偶心太切，拼命振羽乱叫，呼唤卿卿，不肯稍歇，也不怕被人捉将笼里去。棺材头的警惕性高，闻人跫音渐近，便寂然敛了翅，保持沉默。枇杷树附近的那一只棺材头就是这样，只因为我的泡沫塑料拖鞋踩响了一片枯叶，它便不肯再叫。难以判明它所踞的确切位置，我只得伫立在树荫下，作雕像状，岿然不动，屏息等待。鲲鲲远远站在我的后面，高擎一盏点煤油的瓶灯，等得不耐烦了，不小心弄出声音来。我乃勃然大怒，斥责鲲鲲，挥手以示失望，转身入室，读《史记》去。鲲鲲自知犯了错误，便替我蹲在小园内，继续侦听。过了一会，探头入室，向我比手势。

这次不穿拖鞋，赤脚去捉。鲲鲲仍然擎灯，远远站在后面。我以半分钟一步的慢速，轻轻轻轻逼近枇杷树下。这次那家伙的鸣声变得稀疏了，显然余悸尚在。我蹲下去，双手爬行如猫，愈逼愈近。近到下颏之下，伸手便可掩捕。我向后面比手势，接过鲲鲲手中的瓶灯，向地面一照，终于看见了。这家伙，好英武！似乎有所觉察，已经暂停振羽，但双翅仍然高张着，不肯收敛。它在想等一会再唱吧？我把瓶灯轻轻放在地上，又把蟋蟀笼轻轻放在它的前面，笼口距它头部不到一寸。做这一切，我都侧着脸，不让自己呼出的气惊动它。然后我用一根细微的竹丝去挑拨它那一对灵敏的触须,使它误认为前面有来敌。一挑一拨,它立刻敛了翅,悚然而惊。再挑再拨,它便筛抖躯体,警告来敌。三挑三拨,惹得它怒火起,勇猛向前,准备打架。就这样挑拨着,引它步步追赶不存在的来敌,一直追入笼口,终于“入吾彀中”。我用玉米轴心塞了笼口,长长舒一口气,好像拾得宝贝似的,快活之至。回到室内,在灯下细细看,果然英武。这家伙头部左右两侧各有一线黑纹如眉。我与鲲鲲约定,就叫它黑眉毛。此时黑眉毛似有所醒悟,用触须到处探索。鲲鲲用竹丝挑拨,它便避开,躲到笼底一端去了,不肯出来。我说:“不要去逗它了。它在反省。”

我去小园墙边,很快又捉一只。这次是用左手擎灯,用右手掩捕的。捉回关入笼中,让这倒霉的可怜虫去惹黑眉毛。这可怜虫惊魂甫定,弹一弹须,梳一梳翅,伸一伸腿,舔一舔脚,便一路试探着,向黑眉毛所踞的笼底一端踱去。黑眉毛正在独自生闷气,察觉后面有敌来犯,便猛地掉转身,冲杀出来。两雄相逢狭路,四条触须挥鞭乱舞,立刻抵头角力。这可怜虫哪是对手,两个回合,败下阵来,回头便逃。黑眉毛不解恨,一路猛追穷寇,不让那可怜虫喘息片刻。可怜虫向上爬,要钻缝,缝太窄,钻不出,只好仰悬在上,暂避锋芒。黑眉毛一边振羽鸣金,宣布胜利,一边继续搜寻逃敌,决不饶恕。来回搜寻两趟,发现逃敌高挂在上,便抬头去咬腿。好狠,这黑眉毛!

鲲鲲看得呆了。

“快半夜了。睡了。”我说。

翌晨,恍惚听见鲲鲲在骂:“林贼!林贼!你是林贼!”原来黑眉毛咬断了可怜虫一条腿,正在大啃大嚼,当吃早点。我赶快放两颗花生米入蟋蟀笼。这样或许能保住另一条腿吧?

于是黑眉毛改名为林贼，鲲鲲问："爸，我们给断腿取个啥名字？"我信口答："走资。"

白天我带着鲲鲲上班去，忙于钉包装箱糊口。近来黑五类夜学，有时候上面叫我去参加，有时候上面又叫我不要去参加了，莫名其妙。所以晚上多有闲暇在家重读《史记》，浮沉在遥远的兴亡里，忽喜忽悲。又想到历史上有那么多冤屈，动辄要命，弄不好还要杀全家，能苟活如我者已是万幸，我还有什么不满足的哟。

昨夜捉蟋蟀引动了鲲鲲的兴趣，他就夜夜擎灯，自己去捉。他的本领当然赶不上我。他总是用手掌掩捕太猛，往往压断或压伤蟋蟀的一条腿，弄成"走资"或"预备走资"。关它们入笼中，徒遭"林贼"欺侮。"你不要损阴德，快把它们放了。"我多次这样告诫他。这些伤残者结果是放了又被误捉，误提了又被开释，唱了二进宫又唱三进宫，老是缠着我们。

有一夜鲲鲲捉住一只硕大惊人的。这位胖兄鸣声炸响，我早就侦听过多次了，只因为它深藏在石砌的墙脚缝内，不好下手。也是胖兄合该倒霉，夜深跑到墙脚底下觅食。觅食你就觅食，不要闹嘛。它被佳肴美味(查系馊臭馒头半块)胀得憨了，乃大振其钢翅，拼命张扬，所以终被鲲鲲拿获，入我笼中。灯下一看，真是庞然大物。

"这回'林贼'要挨打了！"我说。

胖兄舔了脚又揉了腿，歪着脖子出神。

"爸，它为啥偏着头？"

"它在想。"

"想啥？"

"想馒头真好吃啊。"

鲲鲲用竹丝赶他向前走。赶一下,走两步。又赶一下,又走两步。不赶,它就不走。奇怪的是歪着脖子,老是歪着脖子。我已明白原因何在,深感惋惜,瞪了鲲鲲一眼,但又不愿点破。

恰好"林贼"出巡来了,大摇大摆,威风凛凛,一路挥鞭,东敲西打。几只被它咬怕了的臣仆急忙让路,停摇触须,深怕发生误会。"林贼"用鞭梢一一检验了它们的忠实程度,然后走向歪脖子胖兄,双鞭一阵乱舞,似乎在问:"前面是何虫豸?"胖兄轻轻摇须作答,大有谦谦君子之风,虽然不亢,但也不卑,恪守中庸之道。"林贼"抢步上前,摇动着口器两侧的短白须,要求对手速来抵头角力,决一雌雄。胖兄立即克己复礼,掉转身去,拒绝抵头角力,似乎在说:"非礼勿动呀非礼勿动!"依旧可笑地歪着脖子出神。

鲲鲲大失所望。

"爸,它为啥不打架?"

"孔老二嘛。"

鲲鲲不懂我的回答是什么意思,还要再问。我生气了,责备他说;"你损阴德! 你用手去掩它,扭伤了它的颈项。它不是现在还歪着脖子吗!"

"林贼"振羽鸣金,闹着要驱逐"孔老二"。"孔老二"不理它,等它逼近了,猛地弹腿向后踢它,踢得它近不了身。毕竟是个庞然大物,弹腿凌厉。

后来有同院的小孩带着余鲲到本镇食品厂去扒煤堆,捉回十五六只蟋蟀。笼太小了,养不下这么多好汉。我用两个洗干净的泡菜坛子接待它们一伙,连同接待"林贼"及其臣仆,当然还接待"孔老二"。每坛居住十只以上。两坛共有二十多只，放在室内。饲以花生、胡桃、辣椒，让它们吃得饱，养得肥，且有广阔天地可跳可跑，又不受外面强光的影响。两坛音乐，通宵伴我，妙不可言。

不妙的是每隔几天总有一位好汉被咬成独腿的“走资”，赖我救出，抛入小园，自谋生路。蟋蟀国的虫口就这样暗中偷减。秋分以后，虫口减半，每坛只剩六七只了。我视察过，“林贼”仍然健康，“孔老二”仍然歪着脖子出神。独腿的照例被我抛入小园去。

钉包装箱的活路愈来愈忙。每日早早出晚晚归，还要加夜班，哪有闲心逗弄蟋蟀。只要听见两坛尚有音乐，我就不想亲临坛口视察。不过我能猜到，被咬成“走资”的肯定很多。

有一夜我听出两坛总共只有三只在叫，估计情况严重。翌日中午，捧着坛子走到阳光下面去视察，心都凉了。第一坛内，“林贼”仍然健康，“孔老二”仍然歪着脖子出神，其余的四五只都死了。第二坛内，只有一只无名氏还活着，其余的五六只都死了。我用筷子拈出尸骸，一一观看。被咬掉腿的，被咬破腹的，被咬断颈的，都有。坛内的饲料还剩了许多，说明死者不是死于饥饿，而是活生生地被咬死的。国虫啊国虫！

“林贼”。“孔老二”。无名氏。三只强者被我关入笼中，养在枕畔。无名氏论躯体并不比“林贼”大，但它头部黄亮，与众不同。我给它取名为金冠。金冠不惹“林贼”，专找“孔老二”打架。“孔老二”瘦多了，颈伤无法复原，已成终身憾事。看来“林贼”大有希望永远健康，“孔老二”则性命危殆。

某日偶然发现“孔老二”踯躅在蟋蟀笼的中段，前有金冠的威逼，后有“林贼”的偷咬，饱受两面夹攻之苦，远胜昔年陈蔡之厄。想不到这就是我最后一次看见它了。

有一次听见笼中在吵架,我去视察。原来是金冠与“林贼”正在争吃“孔老二”的遗骸,一边啃嚼一边对骂。我将“夫子”遗骸抢救出来,以礼葬之小园内的“夫子”故居——石砌墙脚的某一条缝内,顺便也替鲲鲲忏悔一番。

“孔老二”既然死了,金冠与“林贼”的攻守同盟也跟着瓦解了。一笼不容二雄,它俩遂成了生冤家死对头,常常打架。有一次打架被我目击,至今不忘。谨陈述该战役始末如次。

金冠住在笼口一端,以玉米轴心为靠山。“林贼”住在笼底一端,以竹节为靠山。它俩各有势力范围,绝不乱住。笼的中段堆放饲料,是为中立地区,谁都可以来的。不过不能够越过饲料堆。谁越过了,谁便是入侵者,将被对方驱逐。先是金冠走到中立地区进餐,绕过辣椒,又绕过胡桃,去啃花生。花生啃出声响,“林贼”听见,便也来啃。啃了几口,觉得乏味,想去尝尝金冠后面的胡桃和辣椒,便伸出触须去同金冠打招呼,请它让路。它只顾啃花生,不作回答。“林贼”以为金冠不作回答便是同意,就贸然走上去。金冠立刻停嚼,摇动口器两侧的短白须,向“林贼”挑战。“林贼”大怒,立刻应战,一头撞了上去,同金冠头抵头,互相角力。斗了几个回合,不分胜负。忽然两雄直起身来,互相抱头乱咬,犹如疯狗一般。咬了一个回合,又忽然一齐低下头来,继续角力。“林贼”毕竟老了,体力渐渐不支,难敌金冠少年气盛,所以逐步后退。“林贼”退到笼底一端,但仍然不甘示弱。这里是它日常盘踞之所,地形熟悉,背后又有竹节做靠山,可以用双腿向后蹬着靠山,增强推力,极有利于固守。金冠虽然勇锐,也难攻垮“林贼”。相反,“林贼”倒逐步反攻过来了。就在这时候,两雄又忽然直起身来,互相咬头,咬得嚓嚓有声。金冠最后使出绝招,咬紧“林贼”的下颚，用力向后一抛，抛了三四寸远，落在饲料堆间发懵。不等“林贼”清醒过来，金冠就转身去追击。“林贼”胆怯，不敢抵抗，一路溃逃。昔日威风，竟扫地以尽矣！

“林贼”后来死了。察其遗骸，居然十分完整，不见一点啮痕，只是腹部瘪凹。以理推之，它很可能是饿死的。金冠独霸着饲料堆，不让它来进餐，它当然迟早要饿死了。

霜降以后，天气转寒。金冠从此不再夜鸣，日益憔悴。它的触须失去弹力，变拳曲了。用竹丝去挑拨，不见积极反应。它头部的黄亮已经黯然失色，不再有金冠之象了。最不妙的是它已经拒食，整天躲在玉米轴心一端，不想出巡。看来它的日子也屈指可数了。国虫啊国虫！

某日偶然瞥见芳邻的那一条饿狗在阶前晒太阳打瞌睡，我忽然想到，应该感谢它。多亏它吃绝了我的鸡群，才会有小园的那些蟋蟀。有了小园的那些蟋蟀，我才有可能去听，去捉，去养，去看它们打架，去受到启迪，去获得有趣的人生经验。到如今事隔十一年，我凭回忆写出这一篇蟋蟀国的《春秋》，如果能够骗得稿酬若干，老实说吧，也应该感谢那一条饿狗。遗憾的是它在那年冬天就已经被屠宰，葬入芳邻肠胃中了。

（1985年5月12日在成都临街五楼南窗）

秋虫六忆·忆养

◎王世襄

一入夏就把大鱼缸洗刷干净，放在屋角，用砖垫稳，房檐的水隔漏把雨水引入缸中，名曰“接雨水”，留作刷蛐蛐罐使用，这是北京养秋虫的规矩。曾见二老街头相遇，彼此寒暄后还问：“您接雨水了吗？”这是“您今年养不养蛐蛐”的同义语，北京自来水为了消毒，放进漂白粉等化学药剂，对虫不利，雨水、井水都比自来水好。

立秋前，正将为逮蛐蛐和买蛐蛐奔忙的时候，又要腾出手来收拾整理养蛐蛐的各种用具。罐子从箱子里取出用雨水洗刷一下，不妨使它吸一些水，棉布擦干，放在一边。过笼也找出来，刷去浮土，水洗后摆在茶盘里，让风吹干。北京养蛐蛐的口诀是“罐可潮而串儿(过笼的别称)要干”。过笼入罐后几天，吸收潮气，便须更换干的。故过笼的数量至少要比罐子多一倍。水槽泡在大碗里，每个都用棕刷洗净。水牌子洗去去年的虫名和战绩，摞在一起。南房廊子下，几张桌子一字儿排开。水槽过笼放入罐中，罐子摆到桌子上，四行，每行六个，一桌二十四个。样样齐备，只等蛐蛐到来了。

逮蛐蛐非常劳累，但一年去不了两三趟，有事还可以不去。养蛐蛐可不行，每天必须喂它，照管它，缺一天也不行。今天如此，明天如此，天天如此，如果不是真正的爱好者，早就烦了。朋友来看我,正赶上我喂蛐蛐,放不下手,只好边喂边和他交谈。等不到我喂完,他告辞了。倒不是恼我失陪,而是看我一罐一罐地喂下去,看腻了。

待我先说一说喂一罐蛐蛐要费几道手,这还是早秋最简单的喂法:打开罐子盖,蛐蛐见亮,飞似的钻进了过笼。放下盖,用竹夹子夹住水槽倾仄一下,倒出宿水,放在净水碗里。拇指和中指将中有蛐蛐的过笼提起,放在旁边的一个空罐内。拿起罐子,底朝天一倒,蛐蛐屎扑簌簌地落下来。干布将罐子腔擦一擦,麻刷子蘸水刷一下罐底,提出过笼放回原罐。夹出水槽在湿布上拖去底部的水,挨着过笼放好。竹夹子再夹两个饭米粒放在水槽旁,盖上盖子,这算完了一个。以上虽可以在一两分钟内完成,但方才开盖时,蛐蛐躲进了过笼,所以它是什么模样还没有看见呢。爱蛐蛐的人,忍得住不借喂蛐蛐看它一眼吗?要看它,需要打开过笼盖,怕它蹦,又怕掩断了须,必须小心翼翼,仔细行事,这就费功夫了。而且以上所说的只是对一罐蛐蛐,要是有一百几十罐,每罐都如此,功夫就大了。故每当喂完一罐,看看前面还有一大片,不由的又后悔买得太多了。

蛐蛐罐有如屋舍,罐底有如屋舍的地面,过笼和水槽是室内的家具陈设。老罐子,即使是真的万礼张和赵子玉,也要有一层浆皮的才算是好的。精光内含,温润如玉,摸上去有一种说不出的快感。多年的三合土原底,又细又平,却又不滑。沾上水,不汪着不干,又不一下子吸干,而是慢慢地渗干,行话叫"慢喝水"。凑近鼻子一闻,没有潮味儿,更没有霉味儿,说它香不香,却怪好闻的。无以名之,名之曰"古香"吧。万礼张的五福捧寿或赵子玉的鹦鹉拉花过笼,盖口严密到一丝莫入,休想伤了须。贴在罐腔，严丝合缝，仿佛是一张舒适的床。红蜘蛛、蓝螃蟹、朱砂鱼或碧玉、玛瑙的水槽，贮以清水，色彩更加绚丽。这样的精舍美器，休说是蛐蛐，我都想搬进去住些时日。记得沈三白《浮生六记》讲到他幼年看到蚂蚁上假山，他把他自己也缩小了，混在蚂蚁中间。我有时也想变成蛐蛐，在罐子里走一遭，爬上水槽呷一口清泉，来到竹抹啜一口豆泥，跳上过笼长啸几声，悠哉！悠哉！

蛐蛐这小虫子真可以拿它当人看待。天下地上，人和蛐蛐，都是众生，喜怒哀乐，妒恨悲伤，七情六欲，无一不有。只要细心去观察体会，就会看到它像人似的表现出来。

养蛐蛐的人最希望它舒适平静如在大自然里。不过为了喂它，为了看它，人总要去打扰它。当打开盆盖的时候，它猛然见亮，必然要疾驰入过笼。想要看它，只有一手扣住罐腔，一手掀开过笼盖，它自然会跑到手下的阴影处。这时慢慢的撤开手，它已无处藏身，形态毕陈了。又长又齐的两根须，搅动不定，上下自如，仿佛是吕奉先头上的两根雉尾。赳赳虎步，气宇轩昂，在罐中绕了半圈，到中央立定，又高又深的大头，颜色纯正，水净沙明的脑线，细贯到顶，牙长直戳罐底，洁白有光，铁色蓝脖子，毵毵堆着毛丁，一张翅壳，皱纹细密，闪烁如金。六条白腿，细皮细肉。水牙微微一动，抬起后腿，爪锋向尾尖轻轻一拂，可以想象它在豆棵底下或草坡窝内也有这样的动作。下了三尾，又可看到它们亲昵燕好，爱笃情深。三尾的须触在它身上，它会从容不迫地挨过身去，愈挨愈近。这时三尾如不理睬，它就轻轻裂开双翅，低唱求爱之曲，“唧唧……油，唧唧……油”，其声悠婉而弥长，真好像在三复“关关雎鸠，在河之洲”。不仅“油”、“洲”相叶，音节也颇相似。多事的又是“人”，总忍耐不住要用掳子去撩逗它一下，看看牙帘开闭得快不快，牙钳长得好不好，预测斗口强不强。说也奇怪，鼠须拂及，它自然知道这不是压寨夫人的温存，而是外来强暴的侵犯。两须顿时一愣，头一抬，六条腿抓住罐底，身子一震动，它由妒忌而愤怒，由愤怒而发狂，裂开两扇大牙，来个恶虎扑食，竖起翅膀叫两声，威风凛凛，仿佛喝道：“你来，咬不死你！”蛐蛐好胜，永远有不可一世的气概，没有懦怯气馁的时候，除非是战败了。尤其是好蛐蛐，多次克敌而竟败下阵来，对此奇耻大辱，懊恼万分，而心中还是不服，怨这怨那又无处发泄，颇似英雄末路，徒唤奈何，不由的发出非战之罪的悲鸣。楚霸王垓下之歌，拿破仑滑铁卢之败，也能从这小小虫身上产生联想而引起同情的感叹。可恨的是那些要钱不要虫的赌棍，蛐蛐老了，不能再斗了，还要拿到局上为他生财，以致一世英名，付诸流水。这难道是蛐蛐之过吗！？不愿意看到好蛐蛐战败，更不愿看到因老而战败。因此心爱的蛐蛐到晚秋就不再上局了。有时却又因此而埋没了英雄。

如上所述，从早秋开始，好蛐蛐一盆一盆地品题、欣赏，观察其动作，体会其秉性，大可怡情，堪称雅事。中秋以后，养蛐蛐更可以养性。天渐渐冷了，蛐蛐需要“搭晒”。北京的办法是利用太阳能。只有遇见阴天，或到深秋才用汤壶。“搭晒”费时费事，需要耐心。好在此时那些平庸无能之辈早已被淘汰，屡战皆胜的只剩下十几二十条。每日上午，蛐蛐桌子搭到太阳下，换过食水，两个罐子摞在一起，用最细的虾须帘子遮在前面。我也搬一把小椅子坐在一旁，抱着膝，眯着眼睛面对太阳，让和煦的光辉沐浴着我。这时，我的注意力并未离开它们，侧着耳朵，聆听罐中的动静。一个开始叫了，声音慢而涩，寒气尚未离开它的翅膀。另一罐也叫了,响亮一些了。渐渐都叫了,节奏也加快了。一会儿又变了韵调,换成了求爱之曲。从叫声,知道罐子的温度,撤掉虾须,换了一块较密的帘子遮上。这时我也感到血脉流畅,浑身都是舒适的。

怡情养性应当是养蛐蛐的正当目的和最高境界。

萤火

◎周作人

近年多看中国旧书,因为外国书买不到,线装书虽也很贵,却还能入手,又卷帙轻便,躺着看时拿了不吃力,字大悦目,也较为容易懂。可是看得久了多了,不免会发生厌倦,第一是觉得单调,千年前后的人所说的话没有多大不同,有时候或者后人比前人还要胡涂点也不一定,因此第二便觉得气闷。从前看过的书,后来还想拿出来看,反复读了不厌的实在很少,大概只有《诗经》,其中也以《国风》为主,《陶渊明集》和《颜氏家训》而已。在这些时候,从书架上去找出尘土满面的外国书来消遣,也是常有的事。

前几天忽然想到关于萤火说几句闲话,可是最先记起来总是腐草化为萤以及丹鸟羞白鸟的典故,这虽然出在正经书里,也颇是新奇,却是靠不住,至少是不能通行的了。案《礼记·月令》云:

"季夏之月,腐草为萤。"《逸周书·时训解》云:

"大暑之日,腐草化为萤。腐草不化为萤,谷实鲜落。"这里说得更是严重,仿佛是事关化育,倘若至期腐草不变成萤火,便要五谷不登,大闹饥荒了。《尔雅》,萤火即炤。郭璞注,夜飞,腹下有火。这里并没有说到化生,但是后来的人总不能忘记《月令》的话,邢昺《尔雅疏》,陆佃《新义》及《埤雅》,罗愿

《尔雅翼》,都是如此。邵晋涵《正义》不必说了,就是王引之《广雅疏证》也难免这样。《本草纲目》引陶弘景曰:

"此是腐草及烂竹根所化,初时加蛹,腹下已有光,数日变而能飞。"李时珍则详说之曰:

"萤有三种。一种小而宵飞,腹下光明,乃茅根所化也。《吕氏月令》所谓腐草化为萤者也。一种长如蛆蠋,尾后有光,无翼不飞,乃竹根所化也。一名蠲,俗名萤蛆。《明堂月令》所谓腐草化为蠲者是也,其名宵行。茅竹之根夜视有光,复感湿热之气,遂变化成形尔。一种水萤,居水中。唐李子卿《水萤赋》所谓彼何为而化草,此何为而居泉,是也。"钱步曾《百廿虫吟》中《萤》项下自注云:

"萤有金银二种。银色者早生,其体纤小,其飞迟滞,恒集于庭际花草间,乃宵行所化。金色者入夏季方有,其体丰腴,其飞迅疾,其光闪烁不定,恒集于水际茭蒲及田塍丰草间,相传为牛粪所化。盖牛食草出粪,草有融化未净者,受雨露之沾濡,变而为萤,即《月令》腐草为萤之意也。余尝见牛溲坌积处飞萤丛集,此其验矣。"又汪曰桢《湖雅》卷六《萤》下云:

"按,有化生,初似蛹,名蠲,亦名萤蛆,俗呼火百脚,后乃生翼能飞为萤。有卵生,今年放萤于屋内,明年夏必出细萤。"案以上诸说均主化生,唯郝懿行《尔雅义疏》反对《本草》陶李二家之说,云:

"今验萤火有二种,一种飞者,形小头赤,一种无翼,形似大蛆,灰黑色,而腹下火光大于飞者,乃《诗》所谓宵行,《尔雅》之即炤亦当兼此二种,但说者止见飞萤耳。又说茅竹之根夜皆有光,复感湿热之气,遂化成形,亦不必然。盖萤本卵生,今年放萤火于屋内,明年夏细萤点点生光矣。"寥寥百十字,却说得确实明白，所云萤之二种实即是雌雄两性，至断定卵生尤为有识，汪谢城引用其说，乃又模棱两可，以为卵生之外别有化生，未免可笑。唯郝君亦有格致未精之处，如下文云：

"《夏小正》，丹鸟羞白鸟。丹鸟渭丹良，白鸟谓蚊蚋。《月令疏》引皇侃说，丹良是萤火也。"罗端良在宋时却早有异议提出，《尔雅翼》卷二十七《萤》下云：

"《夏小正》曰，丹鸟羞白鸟。此言萤食蚊蚋。又今人言，赴灯之蛾以萤为雌，故误赴火而死。然萤小物耳，乃以蛾为雄，以蚊为粮，皆未可轻信。"

从中国旧书里得来的关于萤火的知识就是这些，虽然也还不错，可是披沙拣金，殊不容易，而且到底也不怎么精确，要想知道得更多一点，只好到外国书中去找寻了。专门书本是没有，就是引用了来也总是不适合，所以这里所说也无非只是普通的，谈生物而有文学的趣味的几册小书而已。英国怀德以《色耳彭的自然史》著名于世，在这里边却未尝讲到萤火，但是《虫豸观察杂记》中有一则云：

"观察两个从野间捉来放在后园的萤火，看出这些小生物在十一二点钟之间熄灭他们的灯光，以后通夜间不再发亮。雄的萤火为蜡烛光所引，飞进房间里来。"这虽是短短的一两句话，却很有意思，都是出于实验，没有一点儿虚假。怀德生于一千七百二十年，即清康熙五十九年，我查考《疑年录》，发见他比戴东原大三岁，比袁子才却还要小四岁，论时代不算怎么早，可是这样有趣味的记录在中国的乾嘉诸老辈的著作中却是很不容易找到，所以这不能不说是很可珍重的了。其次法国的法勃耳，在他的大著《昆虫记》中有一篇谈萤火的文章，告诉我们好些新奇的事情。最奇怪的是关于萤火的吃食，据他说,萤火虽然不吃蚊子,所吃的东西却比蚊子还要奇特,因为这乃是樱桃大小的带壳的蜗牛。若是蜗牛走着路,那是最好了,即使停留着,将身子缩到壳里去,脚部总有一点儿露出,萤火便上前去用他嘴边的小钳子轻轻的搿上几下。这钳子其细如发,上边有一道槽,用显微镜才看得出,从这里流出毒药来,注射进蜗牛身里去,其效力与麻醉药相等。法勃耳曾试验过,他把被萤火搿过四五下的蜗牛拿来检查,显已人事不知,用针刺他也无知觉,可是并未死亡,经过昏睡两日夜之后,蜗牛便即恢复健康,行动如常了。由此可知萤火所用的乃是全身麻醉的药,正如果蠃之类用毒针麻倒桑虫蚱蜢,存起来供幼虫食用,现在不过是现麻现吃,似乎与《水浒》里的下迷子比较倒更相近。萤火的身体很小,要想吃蚊子便已不大可能,如罗端良所怀疑的,现在却来吃蜗牛,可以说是大奇事。法勃耳在《萤火》一文中云:

"萤火并不吃,如严密的解释这字的意义。他只是饮,他喝那薄粥,这是他用了一种方法,令人想起那蛆虫来,将那蜗牛制造成功的。正如麻苍蝇的幼虫一样,他也能够先消化而后享用,他在将吃之前把那食物化成液体。"《昆虫记》中有几篇讲金苍蝇麻苍蝇的文章,从实验上说明蛆虫食肉的情形,他们吐出一种消化药,大概与高级动物的胃液相同,涂在肉上,不久肉即消融成为流质。萤火所用的也就是这种方法,他不能咬了来吃,却可以当作粥喝,据说在好几个萤火畅饮一顿之后,蜗牛只是一个空壳,什么都没有余剩了。丹鸟羞白鸟,我们知道它不合理,事实上却是萤火吃蜗牛,这自然界的怪异又是谁所料得到的呢。

法勃耳生于一八二三年,即清道光三年,与李少荃是同年的，所以还是近时人，其所发见的事知道的不很多，但即使人家都知道了萤火吃蜗牛，也不见得会使他怎么有名，本来萤火之所以为萤火的乃别有在，即是他在尾巴上点着灯火。中国名称除萤火之外还有即炤，辉夜，景天，放光，宵烛等，都与火光有关。希腊语曰兰普利斯，意云亮尾巴，拉丁文学名沿称为阑辟利思，英法则名之为发光虫。据《昆虫记》所说，在萤火腹中的卵也已有光，从皮外看得出来，及至孵化为幼虫，不问雌雄尾上都点着小灯，这在郝兰皋也已经知道了。雄萤火蜕化生翼，即是形小头赤者，灯光并不加多，雌者却不蜕化，还是那大蛆的状态，可是亮光加上两节，所以腹下火光大于飞者了。这是一种什么物质，法勃耳说也并不是磷，与空气接触而发光，腹部有孔可开闭以为调节。法勃耳叙述夜中往捕幼萤，长仅五公厘，即中国尺一分半，当初看见在草叶上有亮光，但如误触树枝少有声响，光即熄灭，遂不可复见。追及长成，便不如此，他曾在萤火笼旁放枪，了无闻知，继以喷水或喷烟，亦无甚影响，间有一二熄灯者，不久立即复燃，光明如旧。夜半以前是否熄灯，文中未曾说及，但怀德前既实验过，想亦当是确实的事。萤火的光据法勃耳说：

“其光色白，安静，柔软，觉得仿佛是从满月落下来的一点火花。可是这虽然鲜明，照明力却颇微弱。假如拿了一个萤火在一行文字上面移动，黑暗中可以看得出一个个的字母，或者整个的字，假如这并不太长，可是这狭小的地面以外，什么也都看不见了。这样的灯光会得使读者失掉耐性的。”看到这里，我们又想起中国书里的一件故事来。《太平御览》卷九百四十五引《续晋阳秋》云：

“车胤，字武子，好学不倦，家贫不常得油，夏月则练囊盛数十萤火，以夜继日焉。”这囊萤照读成为读书人的美谈，流传很远，大抵从唐朝以后一直传诵下来，不过与上边《昆虫记》的话比较来看，很有点可笑。说是数十萤火，烛光能有几何，即使可用，白天花了工夫去捉，却来晚上用功，岂非徒劳，而且风雨时有，也是无法。《格致镜原》卷九十六引成应元《事统》云：

“车胤好学，常聚萤光读书，时值风雨，胤叹曰，天不遣我成其志业耶。言讫，有大萤傍书窗，比常萤数倍，读书讫即去，其来如风雨至。”这里总算替车君弥缝了一点过来，可是已经近于志异，不能以常情实事论了。这些故事都未尝不妙，却只是宜于消闲，若是真想知道一点事情的时候，便济不得事。近若干年来多读线装旧书，有时自己疑心是否已经有点中了毒，像吸大烟的一样，但是毕竟还是常感觉到不满意，可见真想做个国粹主义者实在是不大容易也。三十三年十一月二日所写，续草木虫鱼之二。

萤火虫

◎贾祖璋

满天的繁星在树梢头辉耀着;黑暗中,四周都是黑魆魆的树影;只有东面的一池水,在微风中把天上的星,皱作一缕缕的银波,反映出一些光辉来。池边几丛的芦苇和一片稻田,也是黑魆魆的;但芦苇在风中摇曳的姿态,却隐约可以辨认,这芦苇底下和田边的草丛,是萤火虫的发祥地。它们一个个从草丛中起来,是忽明忽暗的一点点的白光,好似天上的繁星,一个个在那里移动。最有趣的是这些白光虽然乱窜,但也有一些追逐的形迹:有时一个飞在前面,亮了起来,另一个就会向它一直赶去,但前面一个忽然隐没了,或者飞到水面上,与水中的星光混杂了;或者飞入芦苇或稻田里,给那枝叶遮住,于是追逐者失了目标,就迟疑地转换方向飞去。有时反给别个萤火虫作为追逐的目标了。而且这样的追逐往往不止一对,所以水面上,稻田上,一明一暗,一上一下的闪闪的白光与天上的星光同样的繁多;尤其是在水面的,映着皱起的银波,那情景是很感兴趣的。

这是幼年时暑假期中在乡间纳凉时所见的情景。当时与弟妹等一边听着在烈日中辛苦了一日才得这片刻安闲休息的邻舍们的谈笑,一边向萤火虫唱着质朴的儿歌:

萤火虫,

夜夜红：

飞到天上捉蚜虫，

飞到地上捉绿葱。

在这样的歌声中，偶然有几个飞到身边，赶忙用芭蕉扇去拍，有时竟会把它拍在地上，有时它突然一暗，就飞到扇子所能拍到的范围以外去了，这时就是追了上去，也往往是不能再拍着的。被拍在地上的，它把光隐了，也着实难以寻觅；或又悄悄地飞起，才再现它的光芒，也往往给它逃去。被捉住的最初是用它来赌胜负，就是放在地上，用脚一拖。在地上划起一条发光的线，比较哪个人划得长，就作为胜利。不消说，这是一种残酷的行为，真所谓“以生命为儿戏”的了。后来那些幸运的个体不会这样被牺牲，它们被闭入日间预备好的鸭蛋壳里，让它们一闪一闪，作为小灯笼。就睡时就携到枕边，颇有爱玩不忍释手的样子。但大人们以为萤火虫假如有机会钻入人的耳内，就会进去吃脑子，所以又往往被禁止携入房间里的。

萤火虫是怎样发生的，乡间没有谈起；但古书上却说它是腐草所化成的。去年那号称中国第一家的老牌杂志，竟发表过罗广庭博士的生物化生说，所以腐草化萤，大概是可靠的。但罗博士经广东方面几位大学教授要求严密实验以后，一直到现在还未曾有过下文，至少那家老牌杂志，没有再把他的实验发表过，大抵罗博士已被他们戳穿西洋镜了；那末腐草为萤的传说也就有重行估定价值的必要。

原来萤有许多种数，全世界所产能够发光的萤有二千种，形态相像而不能发光的也有二千种。我们这里最常见的一种是身体黄色，而翅膀的光端有些黑色的。它们也有雌雄，结婚以后,雄的以为责任已尽,随即死去;雌萤在水边的杂草根际产生微细的球形黄白色卵三四百粒,也随即死去。这卵也能发一些微光,经过廿七八天,就孵化为幼虫,幼虫的身体有十三个环节,长纺锤形,略扁平;头和尾是黑色的,体节的两旁也有黑点。尾端有一个能够吸附他物的附属器,可代足用。尾端稍前方的身体两侧还有一个特殊的发光器官,也能放青色的光。日中隐伏于泥土下,夜间出来觅食。它能吃一种做人类肺蛭中间宿主的螺类,所以有相当的益处。下一年的春天,长大成熟,在地下掘一个小洞,脱了皮化蛹。蛹淡黄色,夜间也能发光。到夏天就化作能够飞行的成虫。看了这一个简单的生活史,腐草为萤的传说,可以不攻自破了。

最令人感兴趣的萤火,是从哪里来的呢?在科学上的研究,以前有人以为是某种发光性细菌与萤火虫共栖的缘故,但近来经过详细的研究,确定并没有细菌的形迹可寻,还是说它是一种化学作用来得妥当。这种发光器的构造,随萤的种类和发育的时代而不同。幼虫和蛹大抵相似;在成虫普通位于尾端的腹面,表面是一层淡黄色透明质硬的薄膜,下面排列着多数整齐的细胞,形成扁平的光盘,细胞里有多数黄色细粒。叫做“萤火体”(Luciferase),遇着氧气就起化学作用而发光。这些细胞的周围又满布毛细管,毛细管连接气管能送入空气,使萤光体可以接触氧气。又分布着许多神经,能随意调节空气的输送,所以现出忽明忽暗的样子。与发光细胞相对的还有一层含有多数蚁酸盐或尿酸盐的小结晶的细胞,呈乳白色,好似一面镜子,能够把光反射到外方。

萤光不含赤外线(热线)和紫外线(化学线),所以只有光而没有热,是一种理想的照明用的光。但现在的人类还不能明白这些萤光体的内容;既不能直接利用它,也不能仿照它的化学成分来制出一种人造的萤光。人类所能利用的,在历史上有晋代的车胤,把它盛在袋里,以代烛火读书。在外国,墨西哥地方出产一种巨大的萤火虫,胸部有两个大发光器,放绿色的光;腹部下面也有一个发光器,放橙黄色的光;两色相映,极为美丽,妇人把它簪在发间,作为夜舞时的装饰品。还有,就是作为玩耍而已。至于在萤火虫的自身,藉此可以引诱异性,又可以威吓敌害,对于它的生活上是很有意义的。

在电灯,煤气灯和霓虹灯交互辉煌的上海,是没有机会遇到萤火虫的。故乡的萤火虫更是一年,二年,几乎十年没有见过了,最近家中来信说:三月没有雨,田里的稻都已枯死,桑树也有许多枯萎了。那末往时所见的一池水,当然已经干涸,一片稻田,看去一定像一片焦土,那黑魆魆的树影,也必定很稀疏了。我那辛苦工作的邻居们已经无工可作,他们可以作长期的休息了,但是在纳凉的时候,在他们的谈话中,未知还能闻到多少笑声。

因了萤火虫我记着了遭遇旱灾的故乡了。祝福我辛苦的邻人们,应该有一条生路可走。

(1934 年 9 月)

秋萤

◎张恨水

江南之萤始于夏，而初秋犹盛，故诗人有“轻罗小扇扑流萤”之称。川东则否，始于暮春，盛于仲夏，稻花开时，黑夜即不复有流火群飞矣。然亦非尽绝迹，时或遗一二老虫在。盖川东夏季长，山谷中丰草塞途，野花不断，萤乃因此而延其寿命。每当阴雨之夕，谷黯如漆，启户视之，荒山巨影，巍巍当前，厌吾居如入深渊。西风徐来，播撼涧岸丛竹小树于黑魑魑中，其影仿佛能见，若巨魔作攫人状。时此一二老虫，于草间突起，发其淡绿之光如豆火，低飞五六尺，闪烁数下，忽然不见，倍增鬼趣。间或村犬遥遥二三吠，其声凄惨沉闷，似若有所惊。独立涸涧断桥上，俯首徐思，觉吾尚在人境中乎？

萤亦有翅落不飞，蛰伏石隙者。其所挟之光极微，色亦不甚绿，既不闪烁，亦不移动，初来此间见之，颇疑人遗火星于地，取而视之，僵硬如蛹，殊非江南人所素知。

夜立晴空下，乃思此萤，何类当今文人。虽遗弃草根将死，而犹能于黑暗中发其点滴之光。虽然，萤以其光传授子孙，明夏仍可与星月争片刻之光，文人顾何如乎？

萤

◎靳以

郁闷的无月夜，不知名的花的香更浓了，炎热也愈难耐了；千千万万的火萤在黑暗的海中漂浮着。那像亮在泡沫的尖顶上的一点雪白的水花，也像是照映在海面上群星的身影。我仰起头来，天上果真就嵌满了星星，都在闪着，星是天间的萤的身影呢，还是萤是地上的星的身影？但是它们都发着光，虽然很微细，却也为夜行人照亮眼前的路。路是很平坦，入了夜，该是毒物的世界，不是曾经看见过一尾赤练蛇横在路的中央么？它不一定要等待人们去侵犯它才张口来咬的，它就是等在那里，遇到什么生物也不放过，它是依靠吞噬他人的生命才得生存的。

可是萤却高高低低浮在空中，不但为人照亮了路边的深坑，也为人照出偃卧的毒蛇，使过路人知所趋避。群星在天上，也用忧愁而关心的眼睛望着，它自知是发光的，就更把眼睁大了(因为疲倦，所以不得不一眨一眨的)，它恨不得大声喊出来，告诉人们："在地上，夜是精灵的世界，回到你们的家中去吧，等待太阳出来了再继续你们的行程。"可是它没有声音，因为风静止着，森林也只得守着它们的沉默。田间的水流，也因为干涸，停止它们的潺潺了。在地上，在黯黑的夜里，只有蛙发着噪聒的鸣叫，那是使人觉得郁热更其难耐，黑夜更其无边的。守在路中的蛇也在嘶嘶地叫着，怕也因为没有猎取物而感到不耐吧？它也许意识到萤火对它是不利的，便高昂起头来，想用那吞吐的毒舌吸取一只两只；可是可爱的萤火，早自飞到高处去了。向上看，那毒蛇才又看到天上闪烁着那么多发光的眼睛，一切光，原来都是使人类幸福的，它就不得不颓然又垂下头，扭着那斑驳的身躯，不情愿地回到自己的洞穴中去了。

那成千成万的萤火虫，却一直愉快地飘着，向上飞在高空中它的光显得细弱了，它还是落到地上来。落在树枝上，使人们看到肥大的绿叶间还有一丛丛的花朵，那香气该是它们发散出来的吧？落在路边的草上，映出那细瘦的叶尖，和那上面栖息着的一只小甲虫：落在老人的胡须上，孩子更会稚气地叫着："看，胡子像烟斗似地烧起来了，一亮一亮的。"落在骄傲的孩子的发际，她就便得意地说："看我的头上簪了星星！"

它们就是这样成夜地忙碌着，在黯黑的世界中穿行；当着太阳的光重复来到大地，它们就和天际的星星互道着辛苦隐下去了，等待黯夜复来的时候再为人类献出它们微弱的光辉。

（1945 年 12 月）

萤火

◎宗璞

点点银白的、灵动的光，在草丛中飘浮。草丛中有各色的野花：黄的野菊，浅紫的二月兰，淡蓝的“毋忘我”；还有一种高茎的白花，每一朵都由许多极小的花朵组成，简直看不清花瓣。它的名字恰和“毋忘我”相反，据说是叫做“不要记得我”，或可译做“毋念我”罢。在迷茫的夜中，一切彩色都失去了，有的只是黑黝黝一片。亮光飘忽地穿来穿去，一个亮点儿熄灭了，又有一个飞了过来。

若在淡淡的月光下，草丛中就会闪出一道明净的溪水，潺潺地、不慌不忙地流着。溪上有两块石板搭成的极古拙的小桥，小桥流水不远处的人家，便是我儿时的居处了。记得萤火虫很少飞近我们的家，只在溪上草间，把亮点儿投向反射出微光的水，水中便也闪动着小小的亮点，牵动着两岸草莽的倒影。现在看到童话片中要开始幻景时闪动的光芒，总会想起那条溪水，那片草丛，那散发着夏夜的芳香，飞翔着萤火虫的一小块地方。

幼小的我，经常在那一带玩耍。小桥那边，有一个土坡，也算是山罢。小路上了山，不见了。晚间站在溪畔，总觉得山那边是极遥远的地方，隐约在树丛中的女生宿舍楼，也是虚无缥缈的。其实白天常和游伴跑过去玩，大学生们有时拉住我们的手，说："你这黑眼睛的女孩子！你的眼睛好黑啊。"

大概是两三岁时，一天母亲进城去了，天黑了许久，还不回来。我不耐烦，哭个不停。老嬷嬷抱我在桥头站着，指给我看那桥边的小道。"回来啦，回来啦——"她唱着。其实这全不是母亲回来的路。夜未深，天色却黑得浓重，好像蒙着布，让人透不过气。小桥下忽然飞出一盏小灯，把黑夜挑开一道缝。接着又飞出一盏。花草亮了，溪水闪了。黑夜活跃起来，多好玩啊！我大声叫了："灯！飞的灯！"回头看家里，已经到处亮着灯了，而且一片声在叫我。我挣下地来，向灯火通明的家跑去，却又屡次回头，看那使黑夜发光的飞灯。

照说幼儿时期的事，我不该记得。也许我记得的，其实是后来母亲的叙述，或自己更人事后的心境罢。但那一晚我在桥头的景象，总是反复地、清晰地出现在我眼前，那黑夜，那划破了黑夜的萤火，以及后来的灯光——。

长大了，又回到这所房屋时，我在自己的房间里便可以看到起伏明灭的萤火了。我的窗正对着那小溪。溪水比以前窄了，草丛比以前矮了，只有萤火，那银白的，有时是浅绿色的光，还是依旧。有时抛书独坐，在黑暗中看着那些飞舞的亮点，那么活泼，那么充满了灵气，不禁想到《仲夏夜之梦》里那些吵闹的小仙子；又不禁奇怪这发光的虫怎么未能在《聊斋志异》里占一席重要的地位。它们引起多么远、多么奇的想象。那一片萤光后的小山那边，像是有什么仙境在等待着我。但是我最多只是走出房来，在溪边徘徊片刻，看看墨色涂染的天、树，看看闪烁的溪水和萤火。仙境么，最好是留在想象和期待中的。

日子一天天热闹起来。解放，毕业，几乎每个人都觉得自已在发光。我们是解放后第三届大学生。毕业前夕，一个星光灿烂的夜晚，和几个好友，曾久久地坐在这溪边山坡上，望着星光和萤光。我们看准一棵树，又看准一个萤，看它是否能飞到那棵树，来卜自己的未来。几乎每一个萤都能飞到目的地，因为没有飞到的就不算数。那时，我们的表格里无一不填着“坚决服从分配，到祖国最需要的地方去”！无论分到哪里，我们都会怀着对美好未来的向往扑过去的。星空中忽然闪了一下，是一颗流星划过了天空。据说流星闪亮时，心中闪过的希望是会如愿的。但我们谁也没有再想要什么。有了祖国，有了党，不就有了一切么？我觉得重任在肩，而且相信任何重任我都担得起。难道还有比这种信心更使人兴奋、欢喜，使人感到无可比拟的幸福么？虽然我知道自己很小，小得像萤火虫那样。萤却是会发光的，使得就连黑夜也璀璨美丽，使得就连黑夜也充满了幻想——。

奇怪的是，自从离开清华园，再也不曾见到萤火虫。可能因为再也没有住在水边了。后来从书上知道，隋炀帝在江都一带经营过“萤苑”，征集“萤火数斛”，为夜晚游山之用。这皇帝连萤都放不过，都要征来服役，人民的苦难，更可想见了。但那“萤苑”风光，一定是好看的。因为那种活泼的光，每一点都呈现着生命的力量。以后无意中又得知萤能捕食害虫，于农作物有益，不觉十分高兴。便想，何不在公园中布置个“萤苑”，为夏夜增光，让曾被皇帝拘来当劳工的萤，有机会为人民服务呢。但在那十年浩劫中，连公园都几乎查封，那“萤苑”的构思，早也逃之夭夭了。

前几天，偶得机缘，和弟弟这个从小的同学往清华走了一遭。图书馆看去一次比一次小，早不是小时心目中的巍峨了。

那肃穆的、勤奋的读书气氛依然，书库中的玻璃地板也还在；底层的报刊阅览室也还是许多人站着看报。弟弟说他常做一个同样的梦——到这里来借报纸。底层增加了检索图书用的计算机，弟弟兴致勃勃地和机上人员攀谈，也许他以后的梦，要改变途径了。我的萤火虫却在梦中也从未出现。行向小河那边时，因为在白天，本不指望看见萤火，但以为草坡上的“毋忘我”和“毋念我”总会显出了颜色。不料看见的，是一条干涸的，两岸干黄的土坡，春雨轻轻地飘洒，还没有一点绿意。那明净的、潺潺地不慌不忙流着的溪水，已不知何时流往何处了。我们旧日的家添盖了房屋，现在是幼儿园了。虽是假日，还有不少孩子，一个个转动着点漆般的眼睛看着我们。“你们这些黑眼睛的孩子！好黑的眼睛啊！”我不由得想。

事物总是在变迁，中心总要转移的。现在清华主楼的堂皇远非工字厅可比了。而那近代物理实验室中的元素光谱，使人感到科学的光辉，也是萤火虫们望尘莫及的。我们骑着车，淋着雨，高兴地到处留下校友的签名。从六十年代到七十年代排过来的长桌前，那如同戴着雪帽般的白头发，那敦实可靠的中年的肩膀，那发亮的、润泽的皮肤和眼睛，俨然画出了人生的旅程。我以为，在这条漫长而又短促的道路上，那淡蓝和纯白的花朵，“毋忘我”和“毋念我”，是必不可少的。因为人世间，有许多事应该永远记得，又有许多事是早该忘却了。

但总要尽力地发光，尤其在困境中。草丛中飘浮的、灵动的、活泼的萤火，常在我心头闪亮。

（1980年6月）

螟蛉虫

◎周建人

夏天的早晨，太阳光从窗口射进来，照得房间里面很亮，窗门口常常看到小虫豸。有一种小蜂子，特别引动我的注意。它比做倒挂莲蓬形的窠之抛脚黄蜂，又称九里蚣的，要小些，颜色是黑的，也不像九里蚣的呈黄色。但腰也很细，肚皮尖端也是尖尖的，它常常飞到窗门口的太阳光下面，停在窗门框上，动着它的肚皮，好像在想些什么或计划什么似的。

那时候我年纪还很小，因为夏天起床很早，早饭前须先吃些点心。有一天向窗前的桌子上拿糕时，又看见那种使人注意的小蜂子。祖母脱口说出来，“螟蛉虫，又来了。”我于是知道它叫螟蛉虫，这名字，我一听到就永远不会忘记它。

以后，我常常遇见螟蛉虫，有时候它在种荸荠的小缸的边上走。走过去，又回转来，好像在找寻些什么。有时候同样的在荷花缸边上徘徊。我的故乡的住屋，窗门外面有明堂，种些荷花及别的花草及小树，荸荠虽然不会开美丽的花，可是它的碧绿的像筷子粗的干子，一丛生出来，像茂密的竹林，很好看的，不过竹有枝条，它没有枝。这细长的，空管子似的干子里面有密密的横隔，如果用手指把它捺扁，便发生清脆的唧唧的声音，荷花是许多人家爱栽种的花卉，它的圆形的大叶，上面生着蜡质的毛丛，遇水不会濡湿的。水滴在叶上滚来滚去像

"走盘珠"。花大而好看,有清香。它的大叶与有清香的花早上舒展开来,使人见了觉得清凉。

螟蛉虫不但在荸荠缸边或荷花缸边行走,有时候头朝着缸里的烂泥注意的看,或者用嘴去咬。一会儿,它去了,但不久又回转来,再到来缸边行走,好像在寻找些什么东西。它找寻些什么呢?不是咬烂泥吗?因为缸边常有烂泥露出水上的。

不久,我在明堂里朝南的窗格上看见了许多约莫榛子大的泥房,下端放在窗格的木条上,当然是平的,上面呈圆形。仔细看时,可以看出由一粒粒的小泥粒堆成的。螟蛉虫嘴里把泥土含去,拌和唾液,去造成这种养儿子的小圆房。

螟蛉虫不但早上有得看见;傍晚也有遇到。夏天的时候,一家人常在明堂即天井里吃晚饭的。天还没有暗,但太阳已没有了,排好桌子与椅子,预备吃饭时,屋檐旁边的蜘蛛也出来赶忙修网了。修好网,准备捉生物吃。它修好网,或者还未修好,螟蛉虫也来了。它这时候不到荷花缸边去行走,却飞往蜘蛛网边去冲撞。一撞,二撞,或者接连三四的撞上去。当初我疑心螟蛉虫看不见网,错撞上去的。但几次以后,我觉得它是有计划的冲撞了。蝴蝶、蜜蜂等是常常撞到蜘蛛的网上去的,它们真是由于错误,不是有意的。它们一撞之后,常被丝粘住。用力挣扎企图逃走时,蜘蛛便赶过去,急忙放出丝来,用脚向落了陷阱的牺牲者的身上缚过去。如果被捕的是蝴蝶,它便站在近旁接连的缚;如果是蜜蜂,它急忙用丝缚几转便逃开,少息又去缚几转,又逃开,好像知道它是劲敌,有针刺,可怕的。等到脚及翅膀等都已缚住,无法施展力时,它才敢站在近旁,再用丝密密的绑缚它的全身。

现在蜾蠃虫朝着网去撞，分明不是出于错误，却是有意的，它往来其间从来不会被丝粘住。它如果撞一下，不见蜘蛛赶开去，就打一个小圈子，再撞上去。蜘蛛不赶开去倒也罢了，如果赶去捕捉它，那就上当了。蜾蠃虫不知怎么一来，蜘蛛措手不及，反被捉了去。一落在蜾蠃虫的手里，便无法脱逃，被拿去封在泥房里，给它的儿子做食粮。你如果拆开窗格上的泥房来看，常常封着大小恰好的蜘蛛。它不会动弹，但是活的。你如果翻查讲昆虫的书籍来看，它会告诉你：那蜘蛛已被蜾蠃虫用肚皮末端的针刺过，已经昏迷过去，但没有死去，所以藏在泥房里无害于它的卵，也不会腐烂的。我们把食物用盐咸了来保藏，晒干了来保藏，用蜜渍了来保藏，用冰冰了来保藏，做了罐头来保藏，蜾蠃虫却用麻药麻醉了来保藏。这种保存方法真合用，它失了知觉，不会害它的幼子的，但没有死去，味道仍然新鲜，很好吃。你如果拆开泥房的时候已迟了，那么蜘蛛已没有了，却卧着一个带淡黄色的，身子弯曲的，一动也不动的蜂蛹。它就是将来变成蜾蠃虫的前些时期蛹子，再过些时，就蜕壳变成蜾蠃虫，钻通泥房跑出去。去看得再迟些时，泥房已有孔，里面只剩一些蜕下的皮壳之类，别的东西都不见了。

但蜾蠃虫的泥房不是一定造在窗格子上的，因为种类有些不同，环境有些不同，也会造在别地方，封在房里的活食粮也常常不相同。有一回我从一条树枝上拆开一个泥房来看，里面关的不是蜘蛛，却是几条尺蠖。而且很活泼的，不像麻醉的样子。莫非因为尺蠖不吃荤腥的东西，不会害蜾蠃虫的儿子，所以用不着麻醉吗？

因为蜾蠃虫种类不同，搜集给儿子吃的食粮的确常常不同的。有一回我看见一个螟蛉虫在拖一个紫油油的大蟑螂。螟蛉虫咬住它的一根长须,向后退走。起初蟑螂很有力气,螟蛉虫不特牵它不动,有时反被蟑螂牵动。但经过一个挣扎的时候,蟑螂渐渐颓唐了,力气渐渐没有了,好像有些脚软身麻,渐渐的听它牵走。

有一回我看见一个螟蛉虫拖一只较小形的八脚。八脚是蜘蛛类的动物,但不结网,比嬉子还要高大,脚粗长,体隆起。螟蛉虫咬住它的一脚,二方像拉绳的用力拉,当初螟蛉虫常被八脚拉过去。螟蛉虫用力支撑住,不让它拉去过多的路。少息又拚命拉过来。经过一个挣扎时期以后,八脚气力渐渐不支,脚渐渐弯曲。莫非疲倦了吗?形状不像疲倦,简直像生病。也许已被螟蛉虫的针刺过了,现在毒发,遂不能够支持了。捕捉较大的动物之螟蛉虫身体也大些,可知它的儿子的食量也大些,所以食粮要贮藏得多些的。

好几年后,我看看古书,说有蜾蠃,腰细,常常捕捉小青蛉,名叫螟蛉的,封在房里,若干日后,变为她的女儿。这话当然不对的,别的虫捉来在自己造的房里,怎样能够变成像自己的虫呢?这话的不对,清朝嘉庆年间有一个学者,叫做郝懿行的已经观察过,他拆开蜾蠃的泥房来看,看出蜾蠃自己生有卵子,捉去的小青虫是给它吃的。他注的《尔雅义疏》里,这件事情说得很清楚,并且说古人说小青虫会变蜾蠃是因为古人观察得不精细,还要无凭无据的推测而来的。郝懿行真是一个细心的观察家。

讲到这里,我还有一句话要说明白,便是古时候本叫那小蜂子为蜾蠃,树上的小青虫为螟蛉的,现在却多叫蜾蠃为螟蛉虫了。我听到别人也都叫它螟蛉虫,可见它已成了普通名称。

又有些地方还称领子为螟蛉子，可见还没有忘记普通传述的“螟蛉子，蜾蠃负之”的意思。在科学上是完全不对的，不过也还觉得好玩与有“诗意”。

（1946年7月）

金蛉子

◎菡子

正月在山东广饶,从周成那儿认识了金蛉子,又从金蛉子认识了周成,一个画家的童趣。

“这么冷的天,谁给我唱歌呢？金蛉子!”于是他小心从贴身衣袋里取出一个精致的塑料透明盒子,比一盒录音带小一个码子,里面伏着一群金蛉子,比蟋蟀体小却与它有相似的形态,也有点像大蚂蚁,但蚂蚁修长,不及它“须全爪长”(上品)。画家放到我的耳边让我欣赏音乐,静下来,确有金蛉子清越的歌声。

“晚上睡不着的时候,它都给我唱歌。”周成欣喜地表白,我实在羡慕夜深有金蛉子做伴。“昨晚它不理我,没有喂它呵!”我懂得他们原是互相照顾的,金蛉子有权要求主人怜爱。

同行几天中,我们得闲就请周成取出金蛉子来聆听它的唧唧之声。周成说过金蛉子不肯为陌生人唱歌,我深情地看着它们,请金蛉子放心做我的朋友。它们是来自皖南山区的“大黄蛉”,好像与我也有点亲情。

蝉与纺织娘

◎郑振铎

你如果有福气独自坐在窗内，静悄悄的没一个人来打扰我，一点钟，两点钟的过去，嘴里衔着一支烟，躺在沙发上慢慢的喷着烟云，看它一白圈一白圈的升上，那末在这静境之内，你便可以听到那墙角阶前的鸣虫的奏乐。

那鸣虫的作响，真不是凡响；如果你曾听见过曼杜令的低奏，你曾听见过一支洞箫在月下湖上独吹着；你曾听见过红楼的重幔中透漏出的弦管声，你曾听见过流水淙淙的由溪石间流过，或你曾倚在山阁上听着飒飒的松风在足下拂过，那末，你便可以把那如何清幽的鸣虫之叫声想像到一二了。

虫之乐队，因季候的关系而颇不同，夏天与秋令的虫声，便是截然的两样。蝉之声是高旷的，享乐的，带着自已满足之意的；它高高的栖在梧桐树或竹枝上，迎风而唱，那是生之歌，生之盛年之歌，那是结婚曲，那是中世纪武士美人的大宴时的行吟诗人之歌。无论听了那叽——叽——的曼长声，或叽格——叽格——的较短声，都可同样的受到一种轻快的美感。秋虫的鸣声最复杂。但无论纺织娘的咭嘎，蟋蟀的唧唧，金铃子之叮令，还有无数无数不可名状的秋虫之鸣声，其声调之凄抑却都是一样的；它们唱的是秋之歌，是暮年之歌，是薤露之曲。它们的歌声，是如秋风之扫落叶，怨妇之奏琵琶，孤峭而幽奇，清远而凄迷，低徊而愁肠百结。你如果是一个孤客，独宿于荒郊逆旅，一盏荧荧的油灯，对着一张板床，一张木桌，一二张硬板凳，再一听见四壁唧唧知知的虫声间作，那你今夜便不用再想稳稳的安睡了，什么愁情，乡思，以及人生之悲感，都会一串串的从根儿勾引起来，在你心上翻来覆去，如白老鼠在戏笼中走轮盘一般，一上去便不用想下来憩息。如果你不是一个客人，你有家庭，你有很好的太太，你并没有什么闲愁胡想，那末，在你太太已睡之后，你想在书房中静静的写些东西时，这唧唧的秋虫之声却也会无端的窜入你的心里，翻掘起你向不曾有过的一种凄感呢。如果那一夜是一个月夜，天井里统是银白色，枯秃的树影，一根一条的很清朗的印在地上，那末你的感触将更深了。那也许就是所谓悲秋。

秋虫之声，大都在蝉之夏曲已告终之后出现，那正与气候之寒暖相应。但我却有一次奇异的经验；在无数的纺织娘之鸣声已来了之后，却又听得满耳的蝉声。我想我们的读者中有这种经验的人是必不多的。

我在山中，每天听见的只有蝉声，鸟声还比不上。那时天气是很热，即在山上，也觉得并不凉爽。正午的时候，躺在廊前的藤榻上，要求一点的凉风，却见满山的竹树梢头，一动也不动，看看足底下的花草，也都静静的站着，如老僧入了定似的。风扇之类既得不到，只好不断的用手巾来拭汗，不断的在摇挥那纸扇了。在这时候，往往有几缕的蝉声在槛外鸣奏着。闭了目，静静的听了它们在忽高忽低，忽断忽续，此唱彼和，仿佛是一大阵绝清幽的乐队在那里奏着绝清幽的曲子，炎热似乎也减少了，然后，朦胧的朦胧的睡去了，什么都不觉得。良久，良久，清梦醒来时，却又是满耳的蝉声。山中的蝉真多！

绝早的清晨,老妈子们和小孩子们常去抱着竹竿乱摇一阵,而一只二只的蝉便要跟随了朝露而落到地上了。每一个早晨,在我们滴翠轩的左近,至少是百只以上之蝉是这样的被捉。但蝉声并不减少。

常常的,一只蝉两只蝉,叽的一声,飞入房内,如平时我们所见的青油虫及灯蛾之飞入一样。这也是必定被人所捉的。有一天,见有什么东西在槛外倒水的铅斗中咯笃咯笃的作响,俯身到槛外一看,却又是一只蝉,这当然又是一个俘虏了。还有好几次,在山脊上走时,忽见矮林丛中有什么东西在动,拨开林丛一看,却也是一只蝉。它是被竹枝竹叶挡阻住了不能飞去。我把它拾在手中。同行的心南先生说,"这有什么稀奇,放走了它吧。要多少还怕没有!"我便顺手把它向风中一送,它悠悠扬扬的飞去很远很远,渐渐的不见了。我想不到这只蝉就是刚才在地上拾了来的那一只!

初到时,颇想把它们捉几个寄上海去送送人。有一次,便托了老妈子去捉。她在第二天一早,果然捉了五六只来放在一个大香烟纸盒中,不料给依真一见,她却吵着,带强迫的要去。我又托那个老妈子去捉。第二天,又捉了四五只来,依真的纸盒中却只剩下两只活的,其余的都死了。到了晚上,我的几只,也死了一半。因此,寄到上海的计划遂根本的打消了。从此以后,便也不再托人去捉,自己偶然捉来的,也都随手的放去了。那样不经久的东西,留下了它干什么用!不过孩子们却还热心的去捉。依真每天要捉至少三只以上用细绳子缚在铁杆上。有一次,曾有一只蝉居然带了红绳子逃去了;很长的一根红绳子,拖在它后面,在风中飘荡着,很有趣味。

半个月过去了;有的时候,似乎蝉声略少,第二天却又多了起来。虽然是叽——叽——的不息的鸣着，却并不觉喧扰；所以大家都不讨厌它们。我却特别的爱听它们的歌唱，那样的高旷清远的调子，在什么音乐会中可以听得到！我以我每以蝉声将绝为虑，时时的干涉孩子们的捕捉。

到了一夜，狂风大作，雨点如从水龙头上喷出似的，向槛内廊上倾倒。第二天还不放晴。再过一天，晴了，天气却很凉，蝉声乃不再听见了！全山上在鸣唱着的却换了一种咭嘎——咭嘎——的急促而凄楚的调子，那是纺织娘。

"秋天到了，"我这样的说着，颇动了归心。

再一天，纺织娘还是咭嘎咭嘎的唱着。

然而，第三天早晨，当太阳晒得满山时，蝉声却又听见了！且很不少。我初听不信；叽——叽——叽格——叽格——那确是蝉声！纺织娘之声却又潜踪了。

蝉回来了，跟它回来的是炎夏。从箱中取出的棉衣又复入箱中。下山之计遂又打消了。

谁曾于听了纺织娘歌声之后再听见蝉的夏曲呢？这是我的一个有趣的经验。

（11 月 8 日夜补记）

蝉与蚁

◎施蛰存

拉封丹以蝉与蚁为寓言，说蝉终日咏歌，不知储蓄粮食，遂至身先蒲柳而亡，蚁则孜孜矻矻，有春耕夏耨，秋收冬藏的能耐，卒岁无虞，辟寒有术。结论是把人教训一顿，应当学学蚂蚁的习劳，而不可如蝉的耽于逸乐。

我小时候读到这篇寓言，固然也未尝不心中愁然。觉得对于蚂蚁有了尊敬心，而对于那无辜的蝉，不知不觉的有点瞧不起。实在的，无论从科学的或文学的故事中去寻究，蝉那件东西真是一种有闲阶级，享乐，懒惰，无组织力，而尤其是坏在整天的歌唱；看看蚂蚁那样的勤奋，刻苦，有集团精神，不声不响地埋头苦干，真是一副可敬可佩的劳苦大众面目。这样看来，拉封丹的寓言也许真是不错的。

但是我今天走过一株大柳树下，恰好有三四只蝉在那些柳叶丛中聒噪着——大概总有三四只吧，聒噪得那样的叫人心里为之烦乱。我就坐在树根上静听着了。那正是傍晚时候，夕阳红红的照耀在西天，可是有一点微风，所以也不很热，何况我还只穿着犊鼻裤，外加手中有大葵扇。我用“蝉噪林愈静”的会心去听它们歌唱，渐渐地我非但不再觉得它们烦乱，甚至竟听出一点意思来了。

倘若蝉不歌唱，它是否能活到蚂蚁那样的寿命？倘若蚂蚁而懒惰，不知储蓄，过一天是一天，是否会和蝉同其死生？从这两种昆虫的生命来讲，蚂蚁虽能过冬，蝉虽只活了一个夏季，但在它们自己，并不觉得谁比谁多活几年，朝菌不知晦朔，蟪蛄不知春秋，彼此都过了一生，蝉与蚁亦如是耳。不会歌唱的蝉不见得能活过了残秋，又活过了严冬。懒惰的蚂蚁的寿命也不见得会比它的勤劳的同伴短些。然则蚂蚁之储藏食粮，未必便是美德，而蝉之歌唱，亦未必便是什么恶行了。更进一步言之，彼此都是一生，蝉则但求吃饱喝满，便在大热的太阳下用它的能力歌唱着，我们不管它们歌唱些什么，因为我们当然不懂得蝉语，但无论是吟风弄月，或要悲天悯人，它多少总已经唱了出来，使它得一生除了吃喝之外，还有一点旁的意义。蚂蚁呢？吃饱了，喝饱了，还得忙着。孜孜为利，为来为去只为了维持它的生命，而它的生命并未延长，它所储藏着的粮食，也许它自己都还吃不完，徒然留下了一副守财奴相，我不知道它的勤奋，刻苦，和集团精神，除掉为了求富足安全地过它的定命的一生之外，究竟对于它的生命还有什么意义？

我常常想，倘若能够以每日三分之一或二的时间去获得我的生活之资，那么我将来一定能够做一点使我的生命有些意义的事情出来的。但是现在我虽终日辛劳犹不能使妻孥无菜色，这生活简直是劳于蚁而不及蚁之裕如了。过着劳于蚁而不及蚁的生活的人，对于那些据梧高咏的蝉又将怎样艳羡之不暇，更何敢非笑它呢？然则，以蝉为闲懒而肆其非笑者，其必为不知自己之可怜的蚂蚁乎？其必为欲为蝉而不得的那些比蚂蚁更可怜的家伙乎？

蝉

◎李广田

太寂静，静得古怪，好象人已不在这个天地间了。偶尔听到一阵鸽笛，但并非鸽笛，只是碧落之下的一发自然之声罢了，人听了，依然感到寂静。“今日天气好，清吹与鸣蝉”，这个境界很可爱。“感彼柏下人，……”则与我无干。但在这么一个寂静中，听了鸽笛，我却真在怀念着鸣蝉。

有些人嫌恶蝉声，嫌它噪聒，且有人问，它究竟是为了什么呢，从早到晚地老是那么噪个不休不了？它为了什么而噪聒，就连我也不甚知道，但我却确实有点喜欢蝉鸣。初夏雨霁，当最先听到从绿荫深处鸣来的几句蝉声时，是常有一种清新愉悦之感的，觉得这便是“夏的信息”了。而且那尚欠流畅的最初的鸣声，像刚在练习着试调似的，听来别有意趣。到了盛夏，当然是蝉的黄金时代了。愈是大雨之后，蝉愈多，愈是太阳灼热的时候，它们也唱得愈狂。而这时候，我对于蝉也就更加觉得喜欢了。

有人说，“自然之声便是诗”，这话固然有些神秘，但我却很喜欢这话，因为我正喜欢一切的自然之声。霹雳震天，诚也有点可怕，但试想狂风暴雨而无雷霆，岂不也是一个缺憾么？而荒村茅舍，五更闻鸡，则即使住在都市里面的人，有时大概也会想起这个吧。

“以鸟鸣春”，促织则鸣秋，而鸣夏者，我以为当以蝉为首选。盛夏之日，人们都热得没处可逃，而蝉则假一树之荫，而自有其清凉世界，无怪它在炎天之下也能引吭而高歌了。而尤其是当正午前后，人们都热得想睡，而正因为太热，想睡却又睡不得，这时候，一切声息便都被热气所窒，没有被窒的，只有蝉声而已。而蝉的声息，却又和着另一种声息，这声息我名之曰“热的声息”。记得在什么人的小说里，曾经描写过夏天的原野，说有一只什么虫在野地里飞着，它想唱，但太热了，唱不得，遍野里响着热的声息，humming，humming，到处是humming，这humming弄得那虫儿想睡了。太阳的热力，像下得很匀的大雨似地，用了全力向大地灌注，向到处倾泻，而这humming，大概就是那大雨的倾泻声了吧。这是一只夏的欢奏曲，而蝉的鸣声则作了这曲的最高音。这曲，尤其是蝉声，使人听了觉得寂静，静得古怪，好像人已不在这个天地之间了。那是蝉声，然而人会忘记了那是蝉声，而只以为那只是炎天下的一发自然之声而已。

像鸽笛之于清秋，蝉声之于炎夏，也是最和谐不过的了。

我喜欢蝉，并不只为了它能鸣。蝉的生活，也很能引起我的兴趣。小时候住在乡下，是和蝉最有缘法的。

乡下人对于蝉的出生，据我所知道的，有两种说法。有人说，蝉的幼虫是从“屎壳郎”变来的。屎壳郎是一种很可笑的甲虫，色黑，能飞。一种较大的如枣，生在土里，但一嗅到地面上有人畜的遗粪气息时，便从土里钻出来，因为这虫的嗅觉是特别敏锐的。有时，它也会飞到人们的家屋里，嗡嗡地绕着灯火狂飞。另一种，形体较小，也是在粪里生活。每当秋后，便常见它们在野道上作滚粪球的游戏。两个屎壳郎同滚一个栗子似的粪球儿，把粪球滚得浑圆浑圆，也不知道那用意究竟何在。有人说，也许那便是它们的性生活，说不定那粪球里面就有着它们新生的幼虫。总之，这两种屎壳郎都是很脏的。因为蝉的幼虫也是出自地中，而在形状上与这两种虫又有些相似，于是有人便以为蝉是屎壳郎的后身了。

另一种说法，则以为蝉有蝉的卵子和幼虫，绝不是从什么别的虫类变化而来。秋天以后，我们常看见树枝的嫩梢——尤其是桃树——有些是先已枯死了的，折开看时，则见死枝里面有一种卵子，白，小，状如虮，据说那便是蝉的卵子。据说直到明年春天，雷鸣惊蛰时，这卵子便被春雷震落，又深深地钻在土里了。所以蝉的幼虫，又名为“雷震子”。春天来，是“出树”的时候了，须掘地五六尺深，才能将树根掘出，把树身放倒。就在这掘树的深穴中，常常有一种幼虫可以被发现，颜色嫩而白，因为落地的久暂不一，形体的大小也不同，头尾蜷曲着，像一个小小的胎儿。那便是蝉的幼虫。到夏天，有的幼虫已经长成，大雨之后，便常见有手指样粗细的洞穴，在树林下，在野道边，幼虫于傍晚时从这种洞穴里钻出，既又寻到了树株攀缘，一直升到树身的高处，在一夜之间，便已脱壳而为蝉。清晨早起的人，还可以看见有刚才出壳的新蝉伏在它的壳背上，颜色是白的，翅子的边缘则稍带绿色。等太阳上升了，蝉由白色而变为黑色，便成为能飞的蝉，而且是能鸣的蝉了。

从这样的过程看来，蝉岂不是一种极洁净的虫，似乎与那被误认为是蝉的先代的壳郎君，的确是毫无关系的了。因雷震而落地，在地下潜养了很久很久，到重来此世时，却又脱壳升天，这时，彼乃餐风饮露，登高赋诗，我的乡里人们，常把蝉的幼虫呼作“神仙”，的确也是很有道理的。其余如把它呼作

"蛸蝉由","蛸蝉狗"之类,却都不见佳。又,中国药书中称蝉壳或蝉蜕为"金牛壳",大概蝉的幼虫也可以称作金牛吧,因为它身上原是披挂了金甲的。然而这个名称也依然没有"神仙"二字好,我以为。

虽然我自己并未吃过,据说蝉的幼虫却是可以炒食的。所以每到夏天的傍晚,孩子们往往成群结队地到树林里或野道旁边去摸"神仙"。有时,"神仙"已爬到树上去了,便用了长竿去打取。有时它却正在地上爬行,找寻可以攀缘的东西,孩子们便随地将它们捉起,不是捉,那简直是拾,因为"神仙"们并不机警,见有人来捉它们,却也并不知道设法逃跑的。此处更有些孩子是很乖觉的,当"神仙"尚未出土时,他便用手指把它从地里挖出,因为"神仙"出土的地方,据说却早已有着一个很小很小的洞口。固然,捉了"神仙"回家,是要预备佐膳的了,但有时,也可以把"神仙"们放在蚊帐里,一夜之后,蚊帐里便到处有着已经脱壳的蝉在那儿来来往往地爬着了。

"神仙"虽已经脱壳升天,有时却也难逃过孩子们的恶作剧。据说南方的小孩常用胶类粘蝉,我却未之见过。我所知道的是套蝉。方法是在长竿的一端用一丝马尾或马鬃结作活结,冷不防,把活结向蝉首上一套,蝉正要飞起,却已经给活结拴得紧紧的了。在这当儿,蝉是很窘的。

"神仙"出土的愈多了,树枝上有蝉壳也就愈多。孩子们常常带了长竿,携了竹篮,到树林里面去拾"神仙皮。""神仙"的皮原来也可以成为一种货物。夏天将近完结的时候,便有人担了很大的席篓,到各村里收买蝉壳。"买神仙皮呀,买神仙皮呀",这样地呼喊着。此外也有担了泥人,芦笛,刀竹,或针线火柴之类的东西来交换蝉壳的,这便更是小孩们所喜欢作的交易了。他们也都知道，神仙皮被收买了去，是用来配制眼药或配制金颜料等等物事的。

然而蝉却到底是夏天的虫，春天刚去，便可听到蝉的清唱，而秋天刚来，蝉声也就渐渐地休止下去了。在秋天，我们常见有已死的蝉，且已是遍体生霉，由黑色几乎变成了青苔色的，却仿佛还在做着他们炎夏的好梦似地，依然在那里紧抱着一节已经凋敝了的木末。而这样的寂灭，却也还算得起是一种和平的归结。另外有一种归结，却往往给秋景秋声作了可哀的陪衬，那便是当凄风冷雨时，却犹有唱不成调的蝉在鸣，而有时，却更可以听到一只垂毙的蝉为西风所吹，于是竟啪嗒一声从树上落了下来，跌在地上，却还在努力着想飞，想爬，也许还在努力着想唱吧，而事实，却只有追随了落叶乱转几个圈子，然后才歇在什么地方，这才完事了。人们在这时候，便知道时令是已经到了深秋了。

这里我想谈起另外一种蝉。那一种，比较可以多活几天，却正因为它出生也较晚。它们形体较小，脊背及翅叶上均有花纹，名称是因了鸣声而得，叫“知了”。不过也有称作“暑了”的，大概就是指言暑天已了的意思吧。唱了最初的夏的消息的，是蝉，而知了，则也可以说是秋的消息的歌者了。乡里有歌曰：

> “知了知了。
>
> 四十天要棉袄。”

据云，自听了知了鸣声的四十天以后，天气变寒，是应当改穿棉袄的时候了。我也很爱在凄静的秋的黄昏里，细听那一起一歇的知了的鸣声。

蝉的歌

◎艾青

在一棵大树上，住着一只八哥。她每天都在那儿用非常圆润的歌喉，唱着悦耳的曲子。

初夏的早晨，当八哥正要唱歌的时候，忽然听见了一阵震耳欲聋的嘶叫声，她仔细一看，在那最高的树枝上，贴着一只蝉，它一秒钟也不停地发出“知了——知了——知了——”的叫声，好像喊救命似的。八哥跳到它的旁边，问它：“喂，你一早起来在喊什么呀？”蝉停止了叫喊，看见是八哥，就笑着说：“原来是同行啊，我正在唱歌呀。”八哥问它：“你歌唱什么呢？叫人听起来挺悲哀的，有什么不幸的事发生了么？”蝉回答说：“你的表现力，比你的理解力要强，我唱的是关于早晨的歌，那一片美丽的朝霞，使我看了不禁兴奋得要歌唱起来。”八哥点点头，看见蝉又在抖动起翅膀，发出了声音，态度很严肃，她知道要劝它停止，是没有希望的，就飞到另外的树上唱歌去了。

中午的时候，八哥回到那棵大树上，她听见那只蝉仍旧在那儿歌唱，那“知了——知了——知了——”的喊声，比早晨更响。八哥还是笑着问它：“现在朝霞早已不见了，你在唱什么了呀？”蝉回答说：“太阳晒得我心里发闷，我是在唱热呀。”八哥说：“这倒还差不多，人们只要一听到你的歌，就会觉得更热。”蝉以为这是对它的赞美，就越发起劲地唱起来。八哥只好再飞到别的地方。

傍晚了,八哥又回来了,那只蝉还是在唱!

八哥说:“现在热气已经没有了。”

蝉说:“我看见了太阳下山时的奇景,兴奋极了,所以唱着歌,欢送太阳。”一说完,它又继续着唱,好像怕太阳一走到山的那边,就会听不见它的歌声似的。

八哥说:“你真勤勉。”

蝉说:“我总好像没有唱够似的,我的同行,你要是愿意听,我可以唱一支夜曲——当月亮上升的时候。”

八哥说:“你不觉得辛苦么?”

蝉说:“我是爱歌唱的,只有歌唱着,我才觉得快乐。”

八哥说:“你整天都不停,究竟唱些什么呀?”

蝉说:“我唱了许多歌,天气变化了,唱的歌也就不同了。”

八哥说:“但是,我在早上、中午、傍晚,听你唱的是同一的歌。”

蝉说:“我的心情是不同的,我的歌也是不同的。”

八哥说:“你可能是缺乏表达情绪的必要的训练。”

蝉说:“不,人们说我能在同一的曲子里表达不同的情绪。”

八哥说:“也可能是缺乏天赋的东西,艺术没有天赋是不行的。”

蝉说:“我生来就具备了最好的嗓子,我可以一口气唱很久也不会变调。”

八哥说:“我说句老实话,我一听见你的歌,就觉得厌烦极了,原因就是它没有变化;没有变化,再好的歌也会叫人厌烦的。你的不肯休息,已使我害怕,明天我要搬家了。”

蝉说:“那真是太好了。”说完了,它又“知了——知了——知了——”地唱起来了。

这时候,月亮也上升了……

(1956年8月4日)

蚁

——浮世绘第一

◎何其芳

“我相信我曾经在这草地上躺过一下午，”劳子乔对自己说，“这树林，这从树叶间漏下的阳光，这草，绿得使我仿佛听见了泉水在它们根间流着，这外面的景物和我自己的惊讶，欢欣，都是十分亲切，触醒了我的一个久远的记忆。我曾经在这草地上躺过。这是一个经验的重现，我这手指的一动和心的一跳都是重现。但我总想不起这个经验的来源。在梦里？在一次黄昏的幻想里？都不会这样清晰。这样清晰。”

劳子乔迷失了。这里是夏天，古柏树，树皮间流着黄色的树脂像眼泪。

这里使我们想起一句名言：我们在荆棘和歧路间找到了自己，却会在树林的绿阴与静寂里迷失。他到过许多地方。但到这城市里来还是第一次。是昨天。经过了疲乏的旅馆的一夜，今天他起得很晚，午餐后便独自走到这郊外来了。他喜欢走陌生的路。

“我们的观念，一位希腊人说，不是从经验来的，而是幽暗的蕴含在灵魂之中，不过被一些事物所唤醒而已。在神话，则说我们饮了失掉记忆的河水。我们相信哪一种说法？什么是真理呢，假若不是一些美妙的说法？一只白鸽，一片阳光，一个半开的窗户，有时会使我们十分迷惑，仿佛在刹那里窥见了完全静止的时间：没有限制的悠久，不可思议的广大。所以我们失掉了自己。所以这一切都像是前定的，躺在异乡的树林内来思索……但那是什么呵，那白石的碑，高高的青草，是一个如何意外的出现呵。”

那是一个坟墓。

“突然间我们王国变成了墓园。那一抔之土并不是一个点缀，这里的沉默与和平环绕着它如群星之于太阳，对于你，墓中人呵，我不过是一个过路客而已。你是谁？是一位厌倦了世上岁月的老人，还是一位像生长在仙话里的美女子，被纺锤所刺，长眠在树林内，做着百年的青春之梦？对于坟墓，白发和红颜有什么分别呢。那墓台砌得那样好看，佳城郁郁，为什么不应该是睡着一位绝代倾国之姿呢。但这也是前定的吗，躺在异乡的少女的墓侧来思索着死……死呵，你并不使我惊讶。”

劳子乔突然举起他的左手了。在他半裸露的手臂上，爬着一只黑色的蚁，细足瘦腰，其长不过三分。是你，渺小的东西，当我们的哲学家正在思索着伟大的问题时咬了他一口。

他用右手把它捉住，放在身边的一块白色手绢上，然后侧过身子来守着它：

“依照科学家的说法，你是我的一位很疏远很疏远的亲戚。我很欢迎你。你用小小的勇敢来表示你的存在。现在你在我一根手指的势力之下，我没有向你说再见以前不要想逃走。”

它试着从许多方向逃走但都被阻止了。

“在你的国家里你准是一位很良好的公民。你这样珍贵你的时间。你准是忙着回去建筑你们的宫殿,或者到四处去猎取食粮。但你看,这天气多么好,这树叶多么绿,为什么不肯歇息一会儿呢。假若我能知道你的脑袋里是不是有思想之类的东西呵。但我并没有嘲笑你,在宇宙的无限之前,我们不是显得一样可怜吗?我眼里的高山和你眼里的一块石头有什么大小吗?被戏弄着,被折磨着,颠沛流离于无穷的引诱与阻止之间的,我们人,不是永远屈服在一种冥冥的手指之下还像你一样骄傲自满以为能逃出它的势力吗?你无辜的旅行者呵,今天,用我们人类的语言说来,你遭遇了一次奇异的命运。我可以用我最小的指甲把你一下掐死。但是,我怎么知道今天我不也是在奇异的遭遇之中呢?我怎么知道是不是也有一种巨大的语言在我头上响着而我听不见呢?刚才我在思索着死。我是多么厌倦我所走过的道路;我曾有过多少不安的夜晚;我为什么要到这城市里来;等着我的是什么?有一篇题目叫做《飞蛾》的故事,说一个忧郁的旅行人,到过许多地方都不能宁静的住下去,最后回到他的家乡了,正在小酒店里饮着酒,谈着话,一颗街上的流弹从窗里射进来了,于是他永息了。还有什么比死之吸引更强有力的吗。但,我为什么又想起了这样几句震颤于金色的光辉之前的颂辞呢,

……一尊神秘的巨形
移近我身后,曳着我的头发;
当我挣扎时听见了严厉的语声——
‘猜是谁揪住你?’——‘死,’我答。
但银声的回应响了——‘不是死,是爱情。’

并且,为什么我想起了我的家乡呢?”

但这只小蚁又怎能知道呢。经过了许多次的失败，它已放弃了逃走的希望，静静的爬在手绢上像一个乐天安命者了。

许多小动物都会以装死来作最后的自卫的。或者它已迷眩于它眼前的一片白色了。

劳子乔掐一根青草来撩拨它：

“你想不到远远的数千里之外，我的家乡，也有你的族人在工作，繁殖，和这里一样。假若你知道会如何骄傲呵。你会说这地球是你们蚁的，因为在它上面布满了你们的足迹。当我是一个孩子时，我屋前屋后的蚁都是我的朋友，我曾多么细心的看守着它们，带着欢欣，我常以死了的蜻蜓宴请它们。它们多半是黄色的。那时我有一点偏爱你的黄色的族人。而你，或者自以为黑色是高贵的颜色吧。”

他继续用青草撩拨它，阻止它。它又开始迟疑的爬行了。

“那时我曾见过两种不同色的蚁族的战争。我曾见过许多次。战争，在你们的生活里，你会说是最庄严最重大的行动吧。你们中有很勇敢的战士。据说印第安人用它们来缝闭创口：让它们把破皮咬紧在一起，然后剪去它们的身体，它们虽死而两颚仍牢牢的钳在皮上。你们为什么要自相残杀？是因为有了锐利的喙就必须咬你们的族人呢，还是也借口于一些好听的名词？但这是一个我很不喜欢的题目。我们不要谈它。对于自然的死，我们没有什么恐惧。因为它是那样安静那样温和。但我们凭着什么，为了什么，可以用我们的手去切断别人的生命呢……你小小的虫呵。我很抱歉我用手把你困窘了一会儿。但在我们见面之前你就咬了我一口，现在我有点儿倦了，你家去吧，回去向着你的族人详细谈说你今天的奇遇……”

他轻轻的吹一口气，蚁和他手里的草一块儿坠入草丛里去了。

草是那样密，对于蚁是一个无边的树林。当它很幸远的能够再用足接触这微微润凉的大地时，它还是很迷惑，它不知刚才一阵大风把它吹到什么国土里了。后来定一定神它才十分欣喜。蚁，这样渺小的生物，对于路途的记忆和辨别的能力实在是很可惊异的，我们看，它已踏上一条它们的林阴路了。那条小径是蜿蜒的伸向那个有白石碑碣的坟墓。在那睡着一位少女或者一位老人的坟墓之侧，这只蚁有一个快乐的家。而我们这位沉思者呢，正当我们回头看他时，他在草地上伸了一个懒腰，并且对自己说：

“我呢，我就在这里睡一觉。等我醒来时世界上是多么热闹呵。”

（3 月 31 日夜成）

两窝蚂蚁

◎刘亮程

冬天，每隔一段时间——差不多有半个月，蚂蚁就会出来找食吃，排成一长队，在墙壁炕沿上走，有前去的，有回来的，急急忙忙，全阴得皮肤发黄，不像夏天的蚂蚁，黝黑黝黑。

蚂蚁很少在地上乱跑，怕人不小心踩死它们。也很少一两只单独跑出来。

我们家屋子里有两窝蚂蚁，一窝是小黑蚂蚁，住在厨房锅头旁的地下。一窝大黄蚂蚁，住在靠炕沿的东墙根。蚂蚁怕冷，所以把洞筑在暖和处，紧挨着土炕和炉子，我们做饭烧炕时，顺便把蚂蚁窝也煨热了。

通常蚂蚁在天亮后出来找食吃。那时母亲已经起来把死灭的炉火重火架着。屋子里烟气弥漫。我们全钻在被窝里，只露出头。有的睁眼直望着房顶。有的半眯着眼睛，早睡醒了，谁都不愿起。整个冬天我们没有一点事情，想睡到什么时候就睡到什么时候。直到炉火和从窗户照进的刺眼阳光，使屋子重又变得暖洋洋，才有人会坐起来，偎着被子，再愣会儿神。

蚂蚁一出洞，母亲便在蚂蚁窝旁撒一把麸皮。收成好的年成会撒两把。有一年我们储备的冬粮不足，连麸皮都不敢喂牲口，留着缺粮时人调剂着吃。冬天蚂蚁出来过五次。每次母亲只抓一小撮麸皮撒在洞口。最后一次，母亲再舍不得把麸皮给蚂蚁吃。家里仅剩的半麻袋细粮被父亲扎死袋口，留作春天下地干活时吃。我们整日煮洋芋疙瘩充饥。那一次，蚂蚁从天亮出洞，有上百只，绕着墙根转了一圈又一圈，一直到天快黑时，拖着几小片洋芋皮进洞去了。

蚂蚁发现麸皮便会一拥而上，拖着、背着、几个抬着往洞里搬。跑远的蚂蚁被喊回来。在墙上的蚂蚁一蹦子跳下来。只一会儿工夫，蚂蚁和麸皮便一同消失得一干二净。蚂蚁有了吃的，便把洞口封死，很长时间不出来打搅人。

蚂蚁的洞一般从墙外通到房内，天一热蚂蚁全到屋外觅食，房子里几乎见不到一只。

我喜欢那窝小黑蚂蚁，针尖那么小的身子，走半天也走不了几尺。我早晨出门前看见一只从后墙根朝前墙这边走，下午我回来看见它还在半道上，慢悠悠地移动着身子，一点不急。似乎它已做好了长途跋涉的打算，今晚就在前面一点儿的地方过夜，第二天，太阳不太高时走到前墙根。天黑前争取爬过门槛，走到厨房与卧房的门口处。第二天再进卧房。不过，它要爬过卧房的门槛就得费很大功夫，先要爬上两层土块，再翻过一高的木门槛，还得赶早点，趁我们没起来之前翻过来。厨房没有窗户，天窗也盖得很死，即使白天门口处也很暗，我们一走动起来就难说不踩着蚂蚁。卧房比厨房大许多，从山墙经过窗户到东墙根，至少是蚂蚁两天的路程。到第五天，蚂蚁才会从东墙根往炕沿处走，经过我们家唯一的柜子。这段最好走夜路，因为是那窝大黄蚂蚁的领地，会很危险。从东边炕头往西边炕头绕回时也是两天的路，最好也晚上走，沿着炕沿，经过打着鼾声的父亲的头、母亲的头、小弟权娃的头和小妹燕子的头,爬到我的头顶时已是另一个夜晚了。这样,小蚂蚁在我们家屋内绕一圈大概用十天的时间,等它回到窝里时,那个蚂蚁世界的事情是否已几经变故,老蚂蚁死了,小蚂蚁出生,它们会不会还认识它呢。

小黑蚂蚁不咬人。偶尔爬到人身上,好一阵才觉出一点点痒。大黄蚂蚁也不咬人,但我不太喜欢。它们到处乱跑,且跑得飞快,让人不放心。不像小黑蚂蚁,出来排着整整齐齐的队,要到哪儿就径直到哪儿。大黄蚂蚁也排队,但队形乱糟糟。好像它们的头管得不严,好像每只蚂蚁都有自已的想法。

有一年春天,我想把这窝黄蚂蚁赶走。我想了一个绝好的办法。那时蚂蚁已经把屋内的洞口封住,打开墙外的洞口,在外面活动了。我端了半盆麸皮,从我们家东墙根的蚂蚁洞口处,一点一点往前撒,撒在地上的麸皮像一根细细的黄线,绕过林带、柴垛,穿过一片长着矮草的平地,再翻过一个坑(李家盖房子时挖的),一直伸到李家西墙根。我把撒剩的小半盆麸皮全倒在李家墙根,上面撒一把土盖住。然后一趟子跑回来,观察蚂蚁的动静。

先是一只洞口处闲游的蚂蚁发现了麸皮。咬住一块拖了一下,扔下又咬另一块。当它发现有好多麸皮后,突然转身朝洞口跑去。我发现它在洞口处停顿了一下,好像探头朝洞里喊了一声,里面好像没听见,它一头钻进去,不到两秒钟,大批蚂蚁像一股黄水涌了出来。

蚂蚁出洞后,一部分忙着往洞里搬近处的麸皮,一部分顺着我撒的线往前跑。有一个先头兵,速度非常快,跑一截子,对一粒麸皮咬一口,扔下再往前跑,好像给后面的蚂蚁做记号。我一直跟着这只蚂蚁绕过林带、柴垛,穿过那片长草的平地，再翻过那个洞，到了李家西墙根，蚂蚁发现墙根的一大堆麸皮后，几乎疯狂。它抬起两个前肢，高举着跳了几个蹦子，肯定还喊出了什么，但我听不见。跑了那么远的路，似乎一点不累。它飞快地绕麸皮堆转了一圈，又爬到堆顶上。往上爬时还踩翻一块麸皮，栽了一跟头。但它很快翻过身来，它向这边跑几步，又朝那边跑几步，看样子像是在伸长膀子量这堆麸皮到底有多大体积。

做完这一切，它连滚带爬从麸皮堆上下来，沿来路飞快地往回跑。没跑多远，碰到两只随后赶来的蚂蚁，见面一碰头，一只立马转头往回跑，另一只朝麸皮堆的方向跑去。往回跑的刚绕过柴垛，大批蚂蚁已沿这条线源源不断赶来了，仍看见有往回飞跑的。只是我已经分不清刚才发现麸皮堆的那只这会儿跑到哪去了。我返回到蚂蚁洞口时，看见一股更粗的黑黄泉水正从洞口涌出来，沿我撒的那一溜黄色麸皮浩浩荡荡地朝李家墙根奔流而去。

我转身进屋拿了把铁锨，当我觉得洞里的蚂蚁已出来得差不多，大部分蚂蚁已经绕过柴垛快走到李家墙根了，我便果断地动手，在蚂蚁的来路上挖了一个一米多长、二十公分宽的深槽子。我刚挖好，一大群嘴里衔着麸皮的蚂蚁已翻过那个大坑涌到跟前，看见断了的路都慌乱起来。有几个，像试探着要跳过来，结果掉进沟里，摔得好一阵才爬起来，叼起麸皮又要沿沟壁爬上来，那是不可能的，我挖的沟槽下边宽上边窄，蚂蚁爬不了多高就会掉下去。

而在另一边，迟缓赶来的一小部分蚂蚁也涌到沟沿上，两伙蚂蚁隔着沟相互挥手、跳蹦子。

怎么啦。

怎么回事。

我好像听见它们喊叫。

我知道蚂蚁是聪明动物。慌乱一阵后就会自动安静下来,处理好遇到的麻烦事情。以它们的聪明,肯定会想到在这堆麸皮下面重打一个洞,筑一个新窝,窝里造一个能盛下这堆麸皮的大粮仓。因为回去的路已经断了,况且家又那么远,回家的时间足够建一个新家了。就像我们村有几户人,在野地打了粮食,懒得拉回来,就盖一间房子,住下来就地吃掉。李家墙根的地不太硬,打起洞来也不费劲。

蚂蚁如果这样去做我就成功了。

我已经看见一部分蚂蚁叼着麸皮原回到李家墙根,好像商量着就按我的思路行动了。这时天不知不觉黑了,我才发现自己跟这窝蚂蚁耗了大半天了。我已经看不清地上的蚂蚁。况且,李家老二早就开始怀疑我,不住地朝这边望。他不清楚我在干什么,但他知道我不会干好事。我咳嗽了两声,装得啥事没有,踢着地上的草,绕过柴垛回到院子。

第二天,一大早我跑出来,发现那堆麸皮不见了,一粒也没有了。从李家墙根开始,一条细细的、踩得光光的蚂蚁路,穿过大土坑,通到我挖的沟槽边,沿沟边向北伸了一米多,到没沟的地方,又从对面折回来,再穿过草滩、绕过柴垛和林带,一直通到我们家墙根的蚂蚁洞口。

一只蚂蚁都没看见。

蚯蚓

◎周作人

忽然想到，草木虫鱼的题目很有意思，抛弃了有点可惜，想来续写，这时候第一想起的就是蚯蚓，或者如俗语所云是曲蟮。小时候每到秋天，在空旷的院落中，常听见一种单调的鸣声，仿佛似促织，而更为低微平缓，含有寂寞悲哀之意，民间称之曰曲蟮叹窠，倒也似乎定得颇为确当。案崔豹《古今注》云：

“蚯蚓一名蜜蟺，一名曲蟺，善长吟于地中，江东谓为歌女，或谓鸣砌。”由此可见蚯蚓歌吟之说古时已有，虽然事实上并不如此，乡间有俗谚其原语不尽记忆，大意云，蝼蛄叫了一世，却被曲蟮得了名声，正谓此也。

蚯蚓只是下等的虫豸，但很有光荣，见于经书。在书房里念四书，念到《孟子·滕文公下》，论陈仲子处有云：

“充仲子之操，则蚓而后可者也，夫蚓上食槁壤，下饮黄泉。”这样他至少可以有被出题目做八股的机会，那时代圣贤立言的人们便要用了很好的声调与字面，大加以赞叹，这与螬同是难得的名誉。后来《大戴礼·劝学篇》中云：

“蚓无爪牙之利，筋脉之强，上食埃土，下饮黄泉，用心一也。”又杨泉《物理论》云：

“检身止欲，莫过于蚓，此志士所不及也。”此二者均即根据孟子所说，而后者又把邵武士人在《孟子正义》中所云但上食其槁壤之土，下饮其黄泉之水的事，看作理想的极廉的生活，可谓极端的佩服矣。但是现在由我们看来，蚯蚓固然仍是而且或者更是可以佩服的东西，他却并非陈仲子一流，实在乃是禹稷的一队伙里的，因为他是人类——农业社会的人类的恩人，不单是独善其身的廉士志士已也。这种事实在中国书上不曾写着，虽然上食槁壤，这一句话也已说到，但是一直没有看出其重要的意义，所以只好往外国的书里去找。英国的怀德在《色耳彭的自然史》中，于一七七七年写给巴林顿第三十五信中曾说及蚯蚓的重大的工作，它掘地钻孔，把泥土弄松，使得雨水能沁入，树根能伸长，又将稻草树叶拖入土中，其最重要者则是从地下抛上无数的土块来，此即所谓曲蟮粪，是植物的好肥料。他总结说：

“土地假如没有蚯蚓，则即将成为冷，硬，缺少发酵，因此也将不毛了。”达尔文从学生时代就研究蚯蚓，他收集在一年中一方码的地面内抛上来的蚯蚓粪，计算在各田地的一定面积内的蚯蚓穴数，又估计他们拖下多少树叶到洞里去。这样辛勤的研究了大半生，于一八八一年乃发表他的大著《由蚯蚓而起的植物性壤土之造成》，证明了地球上大部分的肥土都是由这小虫的努力而做成的。他说：

“我们看见一大片满生草皮的平地，那时应当记住，这地面平滑所以觉得很美，此乃大半由于蚯蚓把原有的不平处所都慢慢的弄平了。想起来也觉得奇怪，这平地的表面的全部都从蚯蚓的身子里通过，而且每隔不多几年，也将再被通过。耕犁是人类发明中最为古老也最有价值之一，但是在人类尚未存在的很早以前，这地乃实在已被蚯蚓都定期的耕过了。世上尚有何种动物，像这低级的小虫似的在地球的历史上，担任着如此重要的职务者，这恐怕是个疑问吧。”

蚯蚓的工作大概有三部分，即是打洞，碎土，掩埋。关于打洞，我们根据汤木孙的一篇《自然之耕地》，抄译一部分于下：

“蚯蚓打洞到地底下深浅不一，大抵二英尺之谱。洞中多很光滑，铺着草叶。末了大都是一间稍大的房子，用叶子铺得更为舒服一点。在白天里洞门口常有一堆细石子，一块土或树叶，用以阻止蜈蚣等的侵入者，防御鸟类的啄毁，保存穴内的润湿，又可抵挡大雨点。

“在松的泥土打洞的时候，蚯蚓用他身子尖的部分去钻。但泥土如是坚实，他就改用吞泥法打洞了。他的肠胃充满了泥土，回到地面上把它遗弃，成为蚯蚓粪，如在草原与打球场上所常见似的。

“蚯蚓吞咽泥土，不单是为打洞，他们吞土也为的是土里所有的腐烂的植物成分，这可以供他们做食物。在洞穴已经做好之后，抛出在地上的蚯蚓粪那便是为了植物食料而吞的土了，假如粪出得很多，就可推知这里树叶比较的少用为食物，如粪的数目很少，大抵可以说蚯蚓得到了好许多叶子。在洞穴里可以找到好些吃过一半的叶子，有一回我们得到九十一片之多。

“在平时白天里蚯蚓总是在洞里休息，把门关上了。在夜间他才活动起来了，在地上寻找树叶和滋养物，又或寻找配偶。打算出门去的时候，蚯蚓便头朝上的出来，在抛出蚯蚓粪的时候，自然是尾巴在上边，他能够在路上较宽的地方或是洞底里打一个转身的。”

碎土的事情很是简单，吞下的土连细石子都在胃里磨碎，成为细腻的粉，这是在蚯蚓粪可以看得出来的。掩埋可以分作两点。其一是把草叶树子拖到土里去，吃了一部分以外多腐烂了，成为植物性壤土，使得土地肥厚起来，大有益于五谷和草木。其二是从底下抛出粪土来把地面逐渐掩埋了。地平并未改变，可是底下的东西搬到了上边来。这是很好的耕田。据说在非洲西海岸的一处地方，每一方里面积每一年里有六万二千二百三十三吨的土搬到地面上来，又在二十七年中，二英尺深地面的泥土将颗粒不遗的全翻转至地上云。达尔文计算在英国平常耕地每一亩中平均有蚯蚓五万三千条，但如古旧休闲的地段其数目当增至五十万。此一亩五万三千的蚯蚓在一年中将把十吨的泥土悉自肠胃通过，再搬至地面上。在十五年中此土将遮盖地面厚至三寸，如六十年即积一英尺矣。这样说起来，蚯蚓之为物虽微小，其工作实不可不谓伟大。古人云，民以食为天，蚯蚓之功在稼穑，谓其可以与大禹或后稷相比，不亦宜欤。

末后还想说几句话，不算什么辟谣，亦只是聊替蚯蚓表明真相而已。《太平御览》九四七引郭景纯《蚯蚓赞》云：

“蚯蚓土精，无心之虫，交不以分，淫于阜螽，触而感物，乃无常雄。”又引刘敬叔《异苑》，云宋元嘉初有王双者，遇一女与为偶，后乃见是一青色白领蚯蚓，于时咸谓双暂同阜螽矣。案由此可知晋宋时民间相信蚯蚓无雄，与阜螽交配，这种传说后来似乎不大流行了，可是他总有一种特性，也容易被人误解，这便是雌雄同体这件事。怀德的《观察录》中昆虫部分有一节关于蚯蚓的，可以抄引过来当资料，其文云：

“蚯蚓夜间出来躺在草地上，虽然把身子伸得很远，却并不离开洞穴，仍将尾巴末端留在洞内，所以略有警报就能急速的退回地下去。这样伸着身子的时候,凡是够得着的什么食物也就满足了,如草叶、稻草、树叶,这些碎片他们常拖到洞穴里去。就是在交配时,他的下半身也决不离开洞穴,所以除了住得相近互相够得着的以外,没有两个可以得有这种交际,不过因为他们都是雌雄同体的,所以不难遇见一个配偶,若是雌雄异体则此事便很是困难了。"案雌雄同体与自为雌雄本非一事,而古人多混而同之。《山海经》—《南山经》中云:

"有兽焉,其状如狸而有髦,其名曰类,自为牡牝,食者不妒。"郝兰皋《疏》转引《异物志》云:灵猫一体,自为阴阳。又三《北山经》云,带山有鸟名曰鵸鵌,是自为牝牡,亦是一例。而王崇庆在《释义》中乃评云:

"鸟兽自为牝牡,皆自然之性,岂特鵸鵌也哉。"此处唯理派的解释固然很有意思,却是误解了经文,盖所谓自者非谓同类而是同体也。郭景纯《类赞》云:

"类之为兽,一体兼二,近取诸身,用不假器,窈窕是佩,不知妒忌。"说的很是明白。但是郭君虽博识,这里未免小有谬误,因为自为牝牡在事实上是不可能的,只有笑话中说说罢了,粗鄙的话现在也无须传述。《山海经》里的鸟兽我们不知道,单只就蚯蚓来说,它的性生活已由动物学者调查清楚,知道它还是二虫相交,异体受精的,瑞德女医师所著《性是什么》,书中第二章论动物间性,举水螅、蚯蚓、蛙、鸡、狗五者为例,我们可以借用讲蚯蚓的一小部分来做说明。据说蚯蚓全身约共有百五十节,在十三节有卵巢一对,在十及十一节有睾丸各两对,均在十四节分别开口,最奇特的是在九至十一节的下面左右各有二口,下为小囊,又其三二至三七节背上颜色特殊,在产卵时分泌液质作为茧壳。凡二虫相遇,首尾相反,各以其九至十三节一部分下面相就，输出精子入于对方的四小囊中，乃各分散，及卵子成熟时，背上特殊部分即分泌物质成筒形，蚯蚓乃缩身后退，筒身擦过十三四节，卵子与囊中精子均黏着其上，遂以并合成胎，蚓首缩入筒之前端，此端即封闭，及首退出后端，亦随以封固而成茧矣。以上所述因力求简要，说的很有欠明白的地方，但大抵可以明了蚯蚓生殖的情形，可知雌雄同体与自为牝牡原来并不是一件事。蚯蚓的名誉和我们本是风马牛不相及，也不必替它争辩，不过为求真实起见，不得不说明一番，目的不是写什么科学小品，而结果搬了些这一类的材料过来，虽不得已，亦是很抱歉的事也。民国甲申九月二十四日所写，续草木虫鱼之一。

蚕给我的启示

◎萧乾

发表于一九三三年的《蚕》——我的第一篇小说，并不是偶然的，因为我自幼除了苍蝇、耗子和屎壳郎，所有的活物我都喜欢。我养过蛐蛐、蝈蝈和油葫芦，当然也多次养过蚕。这些活物都不让你白费事。蛐蛐，每天只要喂它几颗毛豆，它就不但给你奏乐——在秋天，那好听得很；而且在竞技场上还能豁出命来为你打架，为你争光。至于蚕，那就更不白让你受累了。来的时候只不过是一张白纸上一簇黑芝麻，没几天就孵化成乳黄色的幼虫了。只要给它撒上桑叶，它就有条不紊地啃。眼看那长长的身子就越长越肥硕，浑身也由黄而琥珀，以至灰绿。

我小时在城市里养蚕，得到处去找——甚至去偷桑叶。有时隔着墙去勾人家的桑树杈还会挨骂的。越是到了晚期，蚕胃口大了，桑叶就越供应不上，时而会有断粮之虞。这时，有的蚕饿得倒下了——我想到非洲的难民；有的朝我扬头，像是在抗议。“既然弄不到桑叶，又何必养活我们！”这时，我又想到人类史上的大灾荒。我总是一边养蚕，一边在联想着许多事物。

一九三二年到一九三三年，我在福州教过一年书。我用福州的仓前山和我常去买花的大桥头作小说的背景。其实，我养蚕是在北京。那时我的好友是已故的高君纯——就是“梅”的原型。但我确实曾让蚕在她的一幅照片上吐过丝，而且，在我的惨淡经营下，吐得很匀。说来容易，其实，蚕随时都可能在照片上拉屎撒尿。所以它尾部一撅，我就得马上把它拉到照片外面去。

古人用“春蚕到死丝方尽”来形容一个人一生的鞠躬尽瘁，死而后已。可见那时人们也在观察蚕的勤劳，受到感动。

我也从蚕的短暂数十天的一生，想到了人的一辈子。又由于桑叶告急，断了粮而想到即便有位上帝，对于人间的种种磨难，也是无能为力的。因而在这篇小说里，我抒发了自己的一点浅薄但是真实的宗教哲学。

我早年在教会学校里读书，做过无数次礼拜，也曾大段大段地背过《圣经》，成天同这位上帝打交道。通过蚕所遭遇的饥荒我才明白：对于人间那么多灾难，那么多不平——大至帝国主义者的欺凌，小至人间贫富的悬殊，上帝都是束手无策，甚至是无动于衷的。

悟懂了这一点之后，我就树立了这么个观念：不能把希望寄托在神或任何人的恩赐上。那是徒然的。人的生存，只能靠自我奋斗。

蚕——正如蜜蜂或蚂蚁，是勤劳的，这值得学。然而它也是盲目的。它不知道为谁或为什么而吐丝。反正吐完丝它就变成蛹，然后又是一代。它的命运完全掌握在养蚕人的手里。

人则不一样。农民担土修水坝是为了防水患，是为了防灾，也即是为了造福。修铁路是为了疏通我们这片秋海棠叶的大动脉。像蚕那样埋头工作是好，但我们是带着使命感去劳动的。

（1993年12月）

蚕

◎雷抒雁

她在自己的生活中织下了一个厚厚的茧。

那是用一种细细的、柔韧的、若有若无的丝织成的。是痛苦的丝织成的。

她埋怨、气恼,然后就是焦急,甚至自己折磨自己。她想用死来结束自己,同时用死来对这突不破的网表示抗议。

但是,她终于被疲劳征服了。沉沉地睡过去。她做了许多梦,那是关于花和草地的梦,是关于风和流水的梦,是关于阳光和彩虹的梦,还有关于爱的追逐以及生儿育女的梦……

在梦里,她得到了安定和欣慰,得到了力量和热情,得到了关于生命的可贵。

当她一觉醒来,她突然明白拯救自己的,只有自己。于是,她便用牙齿把自己吐的丝一根根咬断,咬破自己结下的茧。

果然,新的光芒向她投来,像云隙间的阳光刺激着她的眼睛。新的空气,像清新的酒,使她陶醉。

她简直要跳起来了!

她简直要飞起来了!

一伸腰,果然飞起来了,原来就在她沉睡的时刻,背上长出了两片多粉的翅膀。

从此，她便记住了这一切，她把这些告诉给了子孙们：你织的茧，得你自己去咬破！医治焦虑和苦恼，最好的办法，就是沉默和安静。

蚕，就是这样一代一代传下来。

蜜蜂

◎丰子恺

正在写稿的时候,耳朵近旁觉得有“嗡嗡”之声,间以“得得”之声。因为文思正畅快,只管看着笔底下,无暇抬头来探究这是什么声音。然而“嗡嗡”,“得得”,也只管在我耳旁继续作声,不稍间断。过了几分钟之后,它们已把我的耳鼓刺得麻木,在我似觉这是写稿时耳旁应有的声音,或者一种天籁,无须去探究了。

等到文章告一段落,我放下自来水笔,照例伸手向罐中取香烟的时候,我才举头看见这“嗡嗡”、“得得”之声的来源。原来有一只蜜蜂,向我案旁的玻璃窗上求出路,正在那里乱撞乱叫。

我以前只管自己的工作,不起来为它谋出路,任它乱撞乱叫到这许久时光,心中觉得有些抱歉。然而已经挨到现在,况且一时我也想不出怎样可以使它钻得出去的方法,也就再停一会儿,等到点着了香烟再说。

我一边点香烟,一边旁观它的乱撞乱叫。我看它每一次钻,先飞到离玻璃一二寸的地方,然后直冲过去,把它的小头在玻璃上“得,得”地撞两下,然后沿着玻璃“嗡嗡”地向四处飞鸣。其意思是想在那里找一个出身的洞。也许不是找洞,为的是玻璃上很光滑,使它立脚不住,只得向四处乱舞。乱舞了一回之后，大概它悟到了此路不通，于是再飞开来，飞到离玻璃一二寸的地方，重整旗鼓，向玻璃的另一处地方直撞过去。因此“嗡嗡”、“得得”，一直继续到现在。

我看了这模样，觉得非常可怜。求生活真不容易，只做一只小小的蜜蜂，为了生活也须碰到这许多钉子。我诅咒那玻璃，它一面使它清楚地看见窗外花台里含着许多蜜汁的花，以及天空中自由翱翔的同类，一面又周密地拦阻它，永远使它可望而不可即。这真是何等恶毒的东西！它又仿佛是一个骗子，把窗外的广大的天地和灿烂的春色给蜜蜂看，诱它飞来。等到它飞来了，却用一种无形的阻力拦住它，永不使它出头，或竟可使它撞死在这种阻力之下。

因了诅咒玻璃，我又羡慕起物质文明未兴时的幼年生活的诗趣来。我家祖母年年养蚕。每当蚕宝宝上山的时候，堂前装纸窗以防风。为了一双燕子常要出入，特地在纸窗上开一个碗来大的洞，当作燕子的门，那双燕子似乎通人意的，来去时自会把翼稍稍敛住，穿过这洞。这般情景，现在回想了使我何等憧憬！假如我案旁的窗不用玻璃而换了从前的纸窗，我们这蜜蜂总可钻得出去。即使撞两下，也是软软地，没有什么苦痛。求生活在从前容易得多，不但人类社会如此，连虫类社会也如此。

我点着了香烟之后就开始为它谋出路。但这是一件很不容易的事。叫它不要在这里钻，应该回头来从门里出去，它听不懂我的话。用手硬把它捉住了到门外去放，它一定误会我要害它，会用螯反害我，使我的手肿痛得不能工作。除非给它开窗；但是这扇窗不容易开，窗外堆叠着许多笨重的东西，须得先把这些东西除去，方可开窗。这些笨重的东西不是我一人之力所能除去的。

于是我起身来请同室的人帮忙,大家合力除去窗外的笨重的东西,好把窗开了,让我们这蜜蜂得到出路。但是同室的人大家不肯,他们说,“我们做工都很疲倦了,哪有余力去搬重物而救蜜蜂呢?”我顿觉自己也很疲倦,没有搬这些重物的余力。救蜜蜂的事就成了问题。

忽然门里走进一个人来和我说话。为了不能避免的事,我立刻被他拉了一同出门去,就把蜜蜂的事忘却了。等到我回来的时候,这蜜蜂已不见。不知道是飞去了,被救了,还是撞杀了。

（廿四年三月七日于杭州）

蜜蜂

◎郭风

静静的日午，我坐在窗前，为外面一片晴美的日光，心中感觉沉醉。

我不知道什么时候，我的耳际充满嗡嗡的声音。这种声音听来是熟悉的、亲切的；但我没有去注意它。过后，我听到这种声音显得焦急，甚至变成忿怒了。

接着，我就看见一只蜜蜂在玻璃窗上碰击着；它鼓着自己的翅膀，想从那里飞出去。它在不久之前，迷了道路，飞进这个房间里来。这是我想得到的。

我看见它在玻璃上撞了好久，都不能够飞出去，后来它在房内冲上冲下地旋飞，那完全失去在花间采蜜时的快乐的样子；我觉得它像一个性急的小孩子，完全的纷乱了。有一回它碰在天花板上，打了一条弧线地落在壁上。

我知道它是从上面换气的小窗间飞进来的。我的心中也为此感觉不安，希望它能很快找到出路。

现在我还记得，我找到一支木条在气窗上敲着，意思是提醒它，从那里可以回去的，现在我想起来，真是多么可笑。我为什么不一开始就替它把玻璃窗打开呢？

我看见这只蜜蜂几次飞回玻璃窗上；它一定觉得迷惑；那里不是一片阳光吗？怎样的，它不能够飞到那里去呢？

我把窗打开，它就飞出去了。起初我感觉有些怅惘，马上我感觉格外之快乐。我也不去想，我耽误了它的时间，使它受到不小的恐慌。我看见这只蜜蜂，一条直线地飞近空中。我知道，在那些空旷的地方，到处充满着阳光。

我常常地想起这件事情。我觉得这件事情是非常有意思的；一想到这只蜜蜂，就感觉亲切。

想起蜜蜂是喜欢阳光和花的，喜欢工作的。想到这只蜜蜂从窗口飞出，回到自由的自然界，它心中的快乐是怎么样的呢？我想，我们来想象这种快乐，就是一种极大极大的幸福。

说不定它还会告诉它的同伴们，这个自由的世界，是多么可珍，多么美丽；采蜜是多么快乐的事情！我想，它会说得多么动人的呢。

我想，那些蜜蜂采蜜的地方，我们也到过的，我记得那些地方我们都去过的。那些路旁，开着草莓的白色小花的地方，那些开着一大片金色菜花的菜圃，那些有花开有阳光注满的地方，真是多么美丽！

蜜蜂们便在那些地方采蜜的。

现在我就想起那只蜜蜂，它迷了道路，飞进我的房内来。现在我还记得它在玻璃上热切地、朦朦地碰击着，想从那里飞出去。

我常常想起这件事情的。像它那样地想投向光明，像它那种想回到自然界的急切的心理，我感到多么亲切！

（1947 年 1 月）

白蝴蝶之恋

◎刘白羽

春意甚浓了，但在北方还是五风十雨，春寒料峭，一阵暖人心意的春风刚刚吹过，又来了一片沁人心脾的冷雨。

我在草地上走着，忽然，在鲜嫩的春草上看到一只雪白的蝴蝶。蝴蝶给雨水打落在地面上。沾湿的翅膀轻微地簌簌颤动着，张不开来。它奄奄一息，即将逝去。但它白得像一片小雪花，轻柔纤细，楚楚动人，多么可怜呀！

她从哪儿来？要飞向哪儿去？我痴痴望着它。忽然像有一滴圣洁的水滴落在灵魂深处，我的心灵给一道白闪闪的柔软而又强烈的光照亮了。

我弯下身，小心翼翼地把白蝴蝶捏起来，放在手心里。

这已经冷僵了的小生灵发蔫了，它的细细的足脚动弹了一下，就歪倒在我的手中。

我用口呵着气，送给她一丝温暖，蝴蝶渐渐苏醒过来。它是给刚才那强暴的风雨吓懵了吧？不过，它确实太纤细了。你看，那白茸茸的像透明的薄纱的翅膀，两根黑色的须向前伸展着，两点黑漆似的眼睛，几只像丝一样细的脚。可是，这纤细的小生灵，它飞翔出来是为了寻觅什么呢？在这阴晴不定的天气里，它表现出寻求者何等非凡的勇气。

它活过来了，我竟感到无限的喜悦。

这时,风过去了,雨也过去了。太阳用明亮的光辉照满宇宙,照满人间,一切都那样晶莹,那样明媚,树叶由嫩绿变成深绿了,草地上开满小米粒那样黄的小花朵。我把蝴蝶放在盛满阳光的一片嫩叶上。我向草地上漫步而去了。但我的灵魂里在呐喊——开始像很遥远、很遥远……我还以为天空中又来了风、来了雨,后来我才知道就在我的心灵深处:你为什么把一个生灵弃置不顾?……于是我折转身又走回去,又走到那株古老婆娑的大树那儿。谁知那只白蝴蝶缓缓地、缓缓地在树叶上蠕动呢!我不惊动它,只静静地看着。阳光闪发着一种淡红色,在那叶片上颤悸、燃烧,于是带来了火、热、光明、生命,雨珠给它晒干了,风沙给它扫净了,那树叶像一片绿玻璃片一样透明、清亮。

我那美丽的白蝴蝶呀!我那勇敢的白蝴蝶呀!它试了几次,终于一跃而起,展翅飞翔,活泼伶俐地在我周围翩翩飞舞了好一阵,又向清明如洗的空中冉冉飞去,像一片小小的雪花,愈飞愈远,消失不见了。

这时,一江春水在我心头轻轻地荡漾了一下。在白蝴蝶危难时我怜悯它,可是当它真的自由翱翔而去时我又感到如此失落、怅惘,“唉!人呵人……”我默默伫望了一阵,转身向青草地走去。

枯叶蝴蝶

◎徐迟

峨眉山下，伏虎寺旁，有一种蝴蝶，比最美丽的蝴蝶可能还要美丽些，是峨眉山最珍贵的特产之一。

当它阖起两张翅膀的时候，像生长在树枝上的一张干枯了的树叶。谁也不去注意它，谁也不会瞧它一眼。

它收敛了它的花纹、图案，隐藏了它的粉墨、彩色，逸出了繁华的花丛，停止了它翩翔的姿态，变成了一张憔悴的，干枯了的，甚至不是枯黄的，而是枯槁的，如同死灰颜色的枯叶。

它这样伪装，是为了保护自己。但是它还是逃不脱被捕捉的命运。不仅因为它的美丽，更因为它那用来隐蔽它的美丽的枯槁与憔悴。

它以为它这样做可以保护自己，殊不知它这样做更教人去搜捕它。有一种生物比它还聪明，这种生物的特技之一是装假作伪，因此装假作伪这种行径是瞒不过这种生物——人的。

人把它捕捉，将它制成标本，作为一种商品去出售，价钱越来越高。最后几乎把它捕捉得再也没有了。这一生物品种快要绝种了。

到这时候，国家才下令禁止捕捉枯叶蝶。但是，已经来不及了。国家的禁止更增加了它的身价。枯叶蝶真是因此而要绝对的绝灭了。

我们既然有一对美丽的和真理的翅膀，我们永远也不愿意阖上它们。做什么要装模作样，化为一只枯叶蝶，最后也还是被售，反而不如那翅膀两面都光彩夺目的蝴蝶到处飞翔，被捕捉而又生生不息。

我要我的翅膀两面都光彩夺目。

我愿这自然界的一切都显出它们的真相。

（1982 年）

蜻蜓

◎钱谷融

许多昆虫在儿童生活中占有很重要的地位,它们除了被动物学家当作研究对象外,总是以儿童生活中的要角的身份而出现在人们的口头、笔下的。人们在提到它们时,常常情不自禁地带着一种怀念、眷恋的口吻。有那么多人亲切地念叨它们,它们是幸福的。

现在我要说的是蜻蜓。

已经有很多人借着蜻蜓而说出他们对童年生活的怀恋了,我虽然仍只是诉说一些怀恋,却还是不能不说说它。它是我生活中的一座桥梁,通过它,我可以从现实的尘嚣中步入过去,求得一点心灵的舒息。而读我这篇文章的人,大概也不会生厌,因为眼睛尽管看着我的文字,脑海里想着的,却可能是他自己童年的欢乐。谁会厌倦于冥想自己过去的欢乐呢?所以,且由我唠叨吧。

蜻蜓活动的季节是夏天。夏天是四季中生命力最旺盛的季节,出现的昆虫也特别多。除蜻蜓外,知了、纺织娘、萤火虫等,都是儿童捕捉的对象。捉到了,把它们放在帐子里,自己躺在床上看着,天真的脑海里交织着许多美丽的想象。一个童年的天地,装点得非常奇妙,非常美满。但最使孩子们高兴的,还是捕捉本身。往往捉到手后,却又意兴索然了。

捉蜻蜓的器具是用一个缠满蛛丝的篾圈系在一根竹竿上，看见哪里有蜻蜓停息着，便悄悄地从背后把篾圈按上去，借蛛网的黏力把它捉住，但成功的时候并不多。只有当蜻蜓在广场上漫天飞舞时，最容易捕捉。这时你只要跳入它们的圈子中，把手里的蛛网一挥动，便有许多蜻蜓纷纷落地。待你俯下身去把捉时，却又多数飞走了，只剩下二三只落入你的手中，但这已经够使你满意了。还有，当暮色苍茫，蜻蜓都已飞倦了而停息在草木上时，也很容易捉到。这时，它的感觉已不像白天那么灵敏，你只要从背后用拇指和食指轻轻地向它尾梢一捏，它便落入了你的手中，用翅膀挣扎几下后就屈服了。此刻，你的喜悦是在用任何其他方式得来的之上的。捉到后的处置，除了放在帐子里外，也拿来喂鸡。有时随便往什么地方一丢，便不管了。

记得我小时候捉蜻蜓最起劲的大概总是在正午时分。吃过午饭，大人们都要午睡。等他们刚一睡下，我便偷偷地出门去了。烈日在头顶射出灼人的火焰，大地像一盆炽烈的炭火。我找寻着，捕捉着，尽管遍体被汗浸透了，也满不在乎。对于捉蜻蜓会有这样浓烈的兴趣，今天看来似乎是难以理解的。但在孩子，这却是十分自然的事。

如今，当日本侵略者的飞机像蜻蜓一样飞舞在祖国的天空时，我不禁深深地怀念起捉蜻蜓的童年生活来了。

（1940年6月1日）

蜻蜓

◎郭嗣汾

和人类敌对的动物昆虫中，有人最恨老鼠。但我觉得它至少还有许多地方可以原谅的：它昼伏夜出，穴居野处，尽量避免和人类碰头，偷点食物，也是为了求生，无可奈何。我最讨厌蟑螂，它偷了食物还留下一阵恶臭；衣服挂着它也要咬两口，书桌里的稿纸，书架上的书籍，常被它咬得惨不忍睹，主要的还有一个重要原因，就是当我在写稿或阅读时，它常出而与我作对！因此，只要我发现它的行踪，便赶尽杀绝，毫不留情！可是，它行动敏捷，又有翅膀，能飞善跑，想打死它也不是容易的事。有时为了对付它，不得不全力以赴。我不知别人是否也如此感到它的困扰，在我来说，有许多时候简直是“搏蟑螂亦用全力”了。

夜深了，我关了台灯，扭燃了案头的小灯，正准备上床就寝时，书桌旁边的纸门上响着“扑扑”的声音，我相信一定又是蟑螂来啃那刚换上的新纸了，赶快起来拿起拖鞋，准备给它来一个迎头痛击！可是，当我走近时，发现纸门上有一只蜻蜓在爬着，不是令我头痛的蟑螂。

我这份紧张立刻松下来，扭亮了台灯，那只蜻蜓毫不犹豫地就扑到灯罩上，浅蓝色的灯罩把它衬得特别美。

也许它需要热，也许它需要光明，也许是外面无边黑暗和斜风细雨把它赶入我这间小房里，当它飞到灯罩上爬了几步后，就安静地停下来了。

这一个不速之客并不是不受欢迎的，它的头微昂着，正对着我，我不知道在它千百对复眼中，我变成了什么形状？但我却十分友善地看着它，手中的拖鞋老早丢下去了。

我很少如此靠近又如此安闲地欣赏过一只蜻蜓，它的确很美丽，尤其是它两对翅膀透明地映在灯光中，色彩非常柔和，翅膀上的脉络匀称地排列着，像一幅出自名家的图案画。身下六条纤细的长脚，支持着全身的重量，尾巴长长地拖在后面，彩色斑斓。它的身体构造和色彩的调合，都是完美的艺术创造，想想人类用来掠过天空的飞机，原始的灵感不正是从它的身上找来的吗？

对着这一位远来的客人，我不知道如何招待它？也不能对它说一句西洋人的口头禅："我能帮助你吗？"不过，假如这就是它要找的光和热，那么已经找到了；如果它是为了逃避外面的黑暗与风雨，那么它已经逃开了。在这里，它将是安全的，在灯罩下面，不必担心灯光烧灼着它；有灯光保护，不必担心壁虎来吃掉它。等到明天早上，也许会天晴，它也会安全地回到它的世界里去了。

微风吹动着窗帘，外面仍在风雨中，我关上小灯，回到床上，让台灯开着。但是，我相信我会睡得很安稳，虽然我平常不习惯开着灯睡觉的。

蜻蜓不再飞回来

◎流沙河

听唱一曲《红蜻蜓》,好感伤！缓调回环,悲童年之不再。首段歌词:“晚霞中的红蜻蜓,请你告诉我。童年时候看见你,是在哪一天?”有问无答、暗伤昔年小孩今已成人,记忆模糊不清,早就想不起初见红蜻蜓是在哪一天了。但是,还想得起那时候三五结伴,下河去游仰泳,上岸来捉蜻蜓,何等好玩。捉蜻蜓,右手臂顺时针旋转着划大圈,对准那停歇在芭茅叶子尖尖上的一只蜻蜓,缓缓移步,轻轻逼近。为啥手臂要这样划大圈,我研究过。蜻蜓生着复眼,能观察全方位的动静。无论你从哪个方位伸手去捉,它都要飞。你若是划着圈逼近它,它便朦胧看不清你。愈逼愈近,圈也愈收愈小。小到离它七八寸了,一把抓去,包你活捉。此法验之不爽。奈何童年之乐一去不返。我不能再到河边去旋臂划圈了。

昆虫纲蜻蜓目可分为两大类。第一类通称为蜻蜓,第二类通称为豆娘。蜻蜓俗名丁丁猫。有红的黄的麻的三种,皆益虫。停歇枝头,平展两翅,像篆文的丁字。篆文丁可能是象形字,也就是蜓的本字。丁丁者蜓蜓也。以其捕蚊蚋如猫捉老鼠,故名丁丁猫。豆娘俗名七姑娘,色暗蓝,状娇弱,停歇林间,叠合两翅。一个平展两翅,一个叠合两翅,是蜻蜓与豆娘最显著的区别。英文称蜻蜓为龙飞虫(dragonfly),妙。顺便说说,还称萤虫为火飞虫(firefly),还称蝴蝶为奶油飞虫(butterfly),也妙。此三虫者皆旧时儿童醉心之宠物,现今城里再也看不见了。岂止庭院里看不见,花园里也看不见呀。蜻蜓啊萤虫啊蝴蝶啊,你们飞到哪里去了?没有你们点缀,童年岂不褪色?你们还能飞回来吗?

再听一遍《红蜻蜓》,又添一层感伤。原来失去了童年的不只是你我他,全人类都正在失去童年。这个世界上普遍的推行工业化以来。人类就在以牺牲兽类鸟类鱼类爬虫类昆虫类为代价,换取自身物质享受,制造生态灾难了。工业化使人类失去童年(说好听些,告别童年),走向成熟。这是无可奈何的事,所谓时代进步,社会发展。我在这里枉自“反动”一阵,也是白费气力。气力虽白费,我也想点醒这一个真相:经济高增长率,那美妙的数字,掩饰着人类对鸟兽虫鱼的谋杀。很难说这是仁,这是义。而且,排除仁义不说,光说可能给未来造成的恶果吧,也很难说这是智。小孩们得到了游戏机,失掉了蜻蜓、萤虫、蝴蝶;得到了幻影,失掉了活虫;得到了打斗之乐,失掉了“穿花蛱蝶”“点水蜻蜓”、“萤焰高低照暮空”;得到了科技,失掉了诗。他们永远不可能再享有我曾享有过的童年之乐了,悲哉。

一首鄙俗不堪的歌,听吧,“我用青春赌明天”,人类正在合唱,高亢激昂。幸好还有几个绿党在那里咳怪嗽,苍天保佑。

螳螂

◎张中行

老友南星兄三四十年代写了不少新诗，也写了不少散文。无论诗还是散文，风韵都是不中而西的。一切诗都要抒情，我的体会，所抒，中西有别，中偏于所感，西偏于所思。思是在心里，或深或曲，绕个小弯，因而领会或说欣赏，就不像吟诵“夜阑更秉烛，相对如梦寐”那样容易。也就因此，南星兄的诗文之作，我更喜欢散文。南星兄是“天生”的诗人，因为不只喜欢作诗，能作诗，而且，即使不作诗，他的生活也是诗人的。这气质影响他的散文，是诗意特别浓，具体说是，所写，以及行文，都是诗的。这好不好？可以说很好，因为更耐吟味；也可以说不很好，因为意境幽渺，像是离家常远了。至于我，感觉是所写有如桃源奇境，我是南阳刘子骥之流，心向往之而无缘进入。但喜欢还是喜欢的，譬如书橱中还有他四十年代出版的《松堂集》，有时经闹市，挤汽车，熏得一身钱臭，回到家中，就愿意翻开，看一两则，以期用诗境，哪怕是片时，把世俗冲淡一些。《松堂集》包括五卷，前四卷都是散文，记得第一次看过，印象长存于记忆中的是第三卷的《来客》。这篇写夜间室内灯下来的小虫，叩头虫、白蛉、钱串子、蜘蛛、蠹鱼、灶虫几种引起的情思，可谓能于屎溺中见道，草叶中见生意，秋波一转中见天心。举写叩头虫的一段为例：

> 夜了。有一个不很亮的灯，一只多年的椅子，我就可以在屋里久坐了。外面多星辰的天，或铺着月光的院子，都不能引动我。如果偶然出去闲走一会，回来后又需要耽搁好久才会恢复原有的安静。但出乎意料的是只要我一个人挨近灯光的时候，我的客人就从容地来了，常常是那长身子的黑色小虫。它不出一声地落在我的眼前，我低下头审视着，它有两条细长的触角，翅合在身上，似乎极其老实并不会飞的样子。我伸出一个手指，觉到那头与身子都是坚硬的，尤其是头，当它高高地抬起又用力放下去时就有一种几乎可以说是清脆的声音。我认识它，它是我所见过的“叩头虫”，我对它没有丝毫的厌恶，它的体态与声音都是可赞美的。它轻轻缓缓地向前爬行，不时抬起头来敲击一下。如若用手指按住它的身子，它就要急敲了，我不愿意做这事。但不留住它，它会很快地飞到别处，让我有一点轻微的眷恋。

很久以来，这种对小虫的眷恋使我想到自己，并发问，我应该也有这种感情，最喜欢的是哪一种？记得法国昆虫学家法布尔曾说，每一种生物都是上帝的一种艺术性的创造，就是说，都有它特有的美；但是我却有偏爱，而且经过比较，占首位的是一种，螳螂。

为什么？理由可以凑一大堆。先由舍的方面说，有的简直是没有理由的，比如蛇，据说无毒的还于人有利，可是我就是怕，看见它心里很不舒服，当然就谈不上眷恋了。

还有些，是由于利害观念的积累，成为厌恶。大一些的如蝎子，小一些的如蚊子，就是退到单纯的“物吾与也”的理学的立脚点，也不觉得它有什么美；对应的态度通常是反佛门的，顺手拿起什么，置它于死地而后快。

对螳螂，态度就正好相反，是喜爱，如果它是停在仅一席大的窗前小园的花叶上，就希望它愿意以此为家，不再见异思迁。喜爱，最直截的理由是觉得它很美。全身嫩绿色，丽而雅，会使人想到如芳草的碧罗裙。长身，前半(胸)轻捷而后半(腹)厚重。高足三对，能与人以飘举之感。头为上宽下尖的三角形，不大，高踞两端的眼就显得特别鲜明。触须细长而灵活，能使后重的体形得到调剂。最奇的是还有前足一对，曲折如人的上肢，向下的一面作锯形，经常前伸高举，于是长身玉立就兼有了英武之气。总之，用法布尔的意思形容，这虽然同样是上帝的创造，却是罕见的精品。

喜爱，更有力的理由是它的举止的风度，伫立，昂首，凝思，总是使我联想到一种生活态度，认真加迂阔。这样的印象，而且是古已有之，如《庄子·人间世》说：

> 汝不知夫螳螂乎？怒其臂以当车辙，不知其不胜任也。

这是道家的看法，以迂阔为可怜可笑。儒家就不同，如《韩诗外传》卷八说：

> 齐庄公出猎，有螳螂举足将抟(搏)其轮，问其御曰："此何虫也？"御曰："此是螳螂也，其为虫知进而不知退，不量力而轻就敌。"庄公曰："以为人，必为天下勇士矣。"于是回车避之。

知进而不知退，不量力而轻就敌，完全是堂吉诃德的形象，稀有，所以可爱，甚至可敬。自然，人各有见，或各有所需，古人也有不以它的迂阔为然的，如《说苑》卷九《正谏》说：

园中有树，其上有蝉。蝉高居悲鸣饮露，不知螳螂在其后也。螳螂委身曲附欲取蝉，而不知黄雀在其傍也。黄雀延颈欲啄螳螂，而不知弹丸在其下也。此三者皆务欲得其前利而不顾其后之有患也。

这是从打利害的算盘方面着眼，说螳螂顾前不顾后，不够机警。如果不把利害放在最上位，我觉得，知进而不知退，加上顾前不顾后，正是典型的堂吉诃德形象。而且不只此也，堂吉诃德是纵使与风车大战失败也不凝思的；螳螂不然，而是经常高踞嫩枝绿叶之上，仰首不动，像是在想什么问题。这形态，有时会使我想到问道的哲人和寻诗的诗人，所以就更觉得可爱，有意思。

爱，正如对于人，就希望常在眼前。记得郑板桥说过，爱听鸟叫要多种树；螳螂的居留之地是嫩枝绿叶，想多看它，就应该有个小园，以期多有嫩枝绿叶。昔年，我住屋的窗前曾经有个小园，也曾种一些花木。也许因为在人烟稠密之地吧，我经常巡视，却很少看到螳螂；偶尔见到一只，第二天去看，就不见了。不得已，想借用荀子的精神，以人力胜天然。办法有零星的，是行路，碰巧在什么地方看到一只，就把它请回家，放到小园里。看看它，立在绿丛间，没有不愉快的表现，我以为成功了。可是常常是，过一两天去看，就不见了。另一种办法是成批的，是有那么一次到家乡去，竟在一棵高粱秸上发现一个药名“桑螵蛸”的螳螂卵鞘，有手指肚那样大，黄褐色，据说春暖孵化，可以爬出许多小螳螂来。我很得意，拿回家，怕冬天受冻。放在屋里。冬去春来，把它放在小园的某一个嫩枝上，静候有那么一天，会爬出一群小螳螂，然后看着长大，并设想，土生土长，总当安居乐业了吧？万没想到，不知是什么原因，直等到春去夏来，卵鞘依然，竟没有爬出一只小螳螂来。

人力失败了。可是喜爱的心情并没有减弱，于是和其他情况一样，希望很容易就变为幻想。这幻想是换无能的人力为有能的人力，比如说，家里有个《浮生六记》的女主人陈芸，并有小园，以她的慧心，安顿一些螳螂，使它们乐不思蜀，总不会有什么困难吧？

显然，这幻想之翼真是飞得太远了，应该立即返回原地。可是一回到原地，雕栏玉砌，云想衣裳，等等，就都成为一场空。因为自从时移备变，我舍四合院而迁入楼群以来，连小园也成空无，更不要说螳螂了。

但是眷恋的心情是难得死灭的，我有时越雷池，看到花草，或只是坐斗室，看到南星兄散文中灯下的小虫，就仍是想到螳螂，以不能看到它的伫立凝思之状为憾事。惭愧，我还没有庄子"安之若命"的修养，于是有时就想，还是用李笠翁的退一步法吧。这是求我认识的一些花鸟画家中的某一位，给我画一幅花卉，其他可以随意，只是其上要有草虫，而且是螳螂。有这样的画，悬之壁间，我何时有宗少文卧游之兴，举目得见昆虫中的堂吉诃德，就是此生与名利无缘，也就可以无憾了吧？此意曾说与室中人，室中人云："你一向是想得好做得少的，这一次能够破例才好。"我谨受教，也为了螳螂，将努力争取这一次能够破例，而且越早越好。

虫趣话蜗牛

◎邓云乡

当年吴雨生(宓)先生有两句名诗道:“半生绮罗梦,细语鸟虫惊。”人生天地间,有人也有虫。住在高楼大厦中,高级豪华空调房间,考究的密封窗和卫生设备,隔绝了外面的世界,这样自然没有苍蝇、蚊子等害虫的滋扰,但也听不到蝉唱、蛙鼓、促织唧唧……领略不到自然的情趣,和自然隔绝了。造化造了人,又创造了虫,人与虫共同生存在天地间,用现代科学术语说,叫作“生态关系”。在各种生态关系中,有的是互相危害的,有的是互相依存的,有的是互不相干的……人为万物之灵,人与虫之间,自然是不平衡的,害虫于人有害,益虫于人有益,人自然要保护益虫,消灭害虫,这是很合理的。但除此之外,在人与虫互不干扰两相遗忘时,则人与虫便是平等的了。万物静观皆自得,面对昆虫世界,或看、或听,静中得趣,神为之夺,这样或可暂时脱离人世,而神游于昆虫世界、返乎自然了。沈三白看蚂蚁交战,不觉神移,忽见庞然大物,排山倒海而来……视癞蛤蟆为庞然大物,便是已进入这种境界了。鲁迅名句,“白眼看鸡虫”,为什么对“鸡虫”加以白眼呢?还是“细语鸟虫惊”来得好,对虫亦可细诉平生了。

能与虫细诉平生的人,是懂得虫趣的。这种我又回忆起春明童年之梦了。

在我懂了事的童年时代，我有幸过过两个铜子买一个喷香滚烫的芝麻酱大烧饼的年代，也有幸租房住在一位清代末年做尚书高官的大院子中，那杂草丛生、老树参天的大花园中，是昆虫的世界，也是我的乐园。

雨后我爱看长满青苔的墙基上爬行的小小的蜗牛，背着它那小而精巧的小屋——带有螺旋花纹的壳，伸着两个小小的角，慢慢爬行着，不知它从何而来，也不知它为什么爬，爬向何处而去，只觉得它好玩，把它拿下来，放在手掌心中，它把角缩回去了；用两个手指捏着它那小壳，两个小角还向外伸着，用手拨弄一下，软软的，便回缩一下，它一点声音也没有，只是安静地生活，安静地爬，在秋冬之际，偶然在墙角，看到还有黏着的蜗牛壳，可是拿下一看，是空的，其肉体不知在什么时候已经死去了，消失了。

动物学中讲蜗牛：软体动物腹足类，螺壳质脆薄、体柔软，头有触角，长短各一对，长触角顶端有眼，口在头部下面，内有舌，舌上具细齿无数，名为曲舌，躯干之一侧有小孔一，内达肺脏，通呼吸，腹有匾平之脚，栖于陆上匐行时，必分泌粘液，以便体之移动，又必先伸出触角，眼侦察四周而后行动。冬间伏树下叶间冬眠。雌雄同体。自然万物，其构成真是神秘，小小的蜗牛，全体却这样复杂，能不使人惊叹！但手头资料，对其繁殖，却没有说明，我也不知这小小蜗牛如何传宗接代，生育子孙。

为住房发愁的人，羡慕每个蜗牛都有一个壳，一牛一间，用不着住上下铺，比人强多了。穷人欣喜自己有个住处，便以“蜗居”称之，或称“蜗舍”。《古今注》考据说：“蜗牛，陵螺也。野人结圆舍如蜗牛，故曰蜗舍。”看来这原本也非谦虚之辞。

在介绍非洲的刊物和电视上，看到非洲那种土人住的圆顶泥草屋，如垂直看，不也正是“蜗舍”吗？我不知非洲人如何叫法。我想或许我国最古也曾出现过这种房舍。《庄子》中有“蜗角”的故事：他说有个国家在蜗牛左角上，叫“触氏”；有个在右角上，叫“蛮氏”，两国为了争夺地盘，不停地在打仗。为了这个故事，词人们感慨多端，还留下了“蜗角虚名，蝇头微利……”的名句。把可爱的小虫扯到纷纭的人世上，太杀风景了。始作俑者，便是庄周，他只顾了自己的神奇想象、辛辣讽刺，全不管这小小的昆虫多么弱小善良可爱。还是北京儿歌唱得好：

水牛儿，水牛儿——先出犄角后出头儿呋；你爹、你妈，给你买烧羊肉吃呋……

这才是蜗牛的赞歌呢！

北京没有水牛，蜗牛叫“水牛儿”，写出来字一样，但读音“牛”读成“小妞儿”的声音。外国人读中国书，如不了解深一些，就容易出现错误。“蜗牛”对儿童说来是可爱的，但对大人说，却不大注意。因而文学作品中，写蜗牛的名篇似乎不多。小时家中有樊樊山写的一个扇面，写的是宋人陈后山的诗。中间一联道：“坏墙着雨蜗成字，古寺无僧燕作家。”这诗我记得很熟，但始终感到它不是好诗，远没有天籁体的“先出犄角后出头儿”好听。儿歌不也是诗吗？

另外，也不妨再抄一首专门咏蜗牛的诗。作者是大名鼎鼎的曹雪芹的先人曹寅，他有五首咏虫诗，其中一首《蜗牛》道：

亦知生事拙，独负一廛游。螺女不相妒，哀骀无外求。藓花崖石古，瓜蔓井渠秋。大笑沧溟外，青红漫结楼。

诗虽不是好诗，但也备蜗牛诗之一格了。遗憾的是：他把蜗牛这样善良好玩的小虫和苍蝇、蚊子等并列，未免对不起蜗牛了。

苍蝇

◎周作人

苍蝇不是一件很可爱的东西，但我们在做小孩子的时候都有点喜欢他。我同兄弟常在夏天乘大人们午睡，在院子里弃着香瓜皮瓤的地方捉苍蝇，——苍蝇共有三种，饭苍蝇太小，麻苍蝇有蛆太脏，只有金苍蝇可用。金苍蝇即青蝇，小儿谜中所谓"头戴红缨帽身穿紫罗袍"者是也。我们把他捉来，摘一片月季花的叶，用月季的刺钉在背上，便见绿叶在桌上蠕蠕而动，东安市场有卖纸制各色小虫者，标题云"苍蝇玩物"，即是同一的用意。我们又把他的背竖穿在细竹丝上，取灯心草一小段放在脚的中间，他便上下颠倒的舞弄，名曰"戏棍"；又或用白纸条缠在肠上纵使飞去，但见空中一片片的白纸乱飞，很是好看。倘若捉到一个年富力强的苍蝇，用快剪将头切下，他的身子便仍旧飞去。希腊路吉亚诺思(Lukianos)的《苍蝇颂》中说，"苍蝇在被切去了头之后，也能生活好些时光，"大约二千年前的小孩已经是这样的玩耍的了。

我们现在受了科学的洗礼，知道苍蝇能够传染病菌，因此对于他们很有一种恶感。三年前卧病在医院时曾作有一首诗，后半云，

"大小一切的苍蝇们，
美和生命的破坏者，

中国人的好朋友的苍蝇们呵，
我诅咒你的全灭，
用了人力以外的
最黑最黑的魔术的力。”

但是实际上最可恶的还是他的别一种坏癖气，便是喜欢在人家的颜面手脚上乱爬乱舔，古人虽美其名曰“吸美”，在被吸者却是极不愉快的事。希腊有一篇传说，说明这个缘起，颇有趣味。据说苍蝇本来是一个处女，名叫默亚(Muia)很是美丽，不过太喜欢说话。她也爱那月神的情人恩迭米盎(Endymion)，当他睡着的时候，她总还是和他讲话或唱歌，使他不能安息，因此月神发怒，把她变成苍蝇。以后她还是记念着恩迭米盎，不肯叫人家安睡，尤其是喜欢搅扰年青的人。

苍蝇的固执与大胆，引起好些人的赞叹。诃美洛思(Homeros)在史诗中尝比勇士于苍蝇，他说，虽然你赶他去，他总不肯离开你，一定要叮你一口方才罢休。又有诗人云，那小苍蝇极勇敢地跳在人的肢体上，渴欲饮血，战士却躲避敌人的刀锋，真可羞了。我们侥幸不大遇见渴血的勇士，但勇敢地攻上来舔我们的头的却常常遇到，法勃耳(Fabre)的《昆虫记》里说有一种蝇，乘土蜂负虫入穴之时，下卵于虫内，后来蝇卵先出，把死虫和蜂卵一并吃下去。他说这种蝇的行为好像是一个红巾黑衣的暴客在林中袭击旅人，但是他的慓悍敏捷的确也可佩服，倘使希腊人知道，或者可以拿去形容阿迭修思(Odyssens)一流的狡狯英雄罢。

中国古来对于苍蝇也似乎没有什么反感。《诗经》里说，“营营青蝇，止于樊。岂弟君子，无信谗言。”又云，“非鸡则鸣，苍蝇之声。”据陆农师说，青蝇善乱色，苍蝇善乱声，所以是这样说法。传说里的苍蝇,即使不是特殊良善,总之决不比别的昆虫更为卑恶。在日本的俳谐中则蝇成为普通的诗料,虽然略带湫秽的气色,但很能表出温暖热闹的境界。小林一茶更为奇特,他同圣芳济一样,以一切生物为弟兄朋友,苍蝇当然也是其一。检阅他的俳句选集,咏蝇的诗有二十首之多,今举两首以见一斑。一云,

"笠上的苍蝇,比我更早地飞进去了。"这诗有题曰《归庵》。又一首云,

"不要打哪,苍蝇搓他的手,搓他的脚呢。"

我读这一句,常常想起自己的诗觉得惭愧,不过我的心情总不能达到那一步,所以也是无法。《埤雅》云,"蝇好交其前足,有绞绳之象,……亦好交其后足,"这个描写正可作前句的注解。又绍兴小儿谜语歌云,"像乌豇豆格乌,像乌豇豆格粗,堂前当中央,坐得拉胡须,"也是指这个现象。(格犹云"的",坐得即"坐着"之意。)

据路吉亚诺思说,古代有一个女诗人,慧而美,名叫默亚,又有一个名妓也以此为名,所以滑稽诗人有句云,"默亚咬他直达他的心房。"中国人虽然永久与苍蝇同桌吃饭,却没有人拿苍蝇作为名字,以我所知只有一二人被用为诨名而已。

(十三年七月)

蚊子与苍蝇

◎梁实秋

我家里人口众多。除了我和我的太太,还有一个娘姨以外,有几千百头的苍蝇,有几千百头的蚊子。苍蝇蚊子和我们很亲近,苍蝇和我们亲近的时候在早晨,蚊子和我们亲近的时候在夜里。所以我们可以很从容的和他们周旋。一缕阳光从窗子射到我的太太的脸上,随后就有一只苍蝇不远千里而来,绕床三匝,不晓得在何处栖止才好,我蜷卧床头,静以待变。只见这只苍蝇飞去飞来。嗡嗡有声,不偏不倚的正正落在我的太太的鼻尖上。太太的上嘴唇翕动了一下,我揣测她的意思,大概是表示她的鼻尖是有感觉的。那只苍蝇也有本领,真禁得起震动,抖抖翅膀,仍然高踞在鼻尖上。假使苍蝇能老老实实在鼻尖上占一席地,我的太太夙来是很有度量的,未曾不可以和他相安无事。无奈那只苍蝇,动手动脚的东搔西挠。太太着实不耐烦,只能伸出手来,加以驱除。太太的鼻尖,像有吸力一般,苍蝇飞起来绕了几个圈子,仍然归到原处。如是者数次。假使苍蝇肯换一个地方,太太或者也可以相当的容忍。她忍不住了,把头钻到被里去。苍蝇甚觉没趣,搭赸着又来和我亲近。

方以类聚,一点也不错。苍蝇的合群心恐怕要在我们中国人以上。记得小时候唱过一个《苍蝇歌》,内中的警句是:

"一个苍蝇嘤嘤嘤,两个苍蝇嗡嗡嗡,一群苍蝇轰轰轰!"苍蝇的音乐,的确是由清悠以渐至于雄壮。当其嘤嘤的时候,我便从梦中醒来,侧耳而听,等到嗡嗡的时候,我便翻过身去,想在较远的地方去听,到了轰轰的时候,我便兴奋得由床上跳起来了。音乐感人之深,不亦伟哉!

过了一天非人的生活了,到了夜晚想做一件人做的事,睡觉。但是,不忙睡,宝贝的蚊子来了。蚊子由来访以至于兴辞,双方的工作不外下列几种:(一)蚊子奏细乐,(二)我挥手致敬,(三)乐止,(四)休息片刻,(五)是我不当心,皮肤碰了蚊子的嘴,奇痛,(六)蚊子奏乐,(七)我挥手送客,(八)我痒,(九)我抓,(十)我还痒,(十一)我还抓,(十二)出血,(十三)我睡着了。睡着以后,双方仍然工作,但稍简单一些,前四段工作一概豁免。清晨醒来,察视一夜工作的痕迹,常常发现腿部作玉蜀黍状,一粒一粒的凸起来。有时候面部略微改变一点形状,例如嘴唇加厚,鼻梁增高。有时工作过度,面部一块白一块红的,作豆沙粽子状。据脑筋灵敏的人说,若作一床帐子,则蚊子与苍蝇自然可以不作入幕之宾,有用的精神也可以不用在与蚊蝇亲近了。但我已和太太商量就绪,在下月发薪以前,无论如何,我们仍然要保持大国民的态度,对蚊蝇决不排斥。

苍蝇

◎靳以

“嗡嗡,嗡嗡,嗡嗡……”

才跨进息烽那个小县份,什么还没有得着闲空上眼上手,便被这不断的嗡嗡的声音搅得自己仿佛头晕似的。它们好像欢迎重要人物的专使,立刻就朝着旅客的周围冲来,然后密集地落在旅客们的头脸上,手臂上,还许有一个不谨慎的家伙钻进鼻孔或耳朵里去。这样的刺激将不为那个旅客所能忍受,就霍的一掌拍过来,等着自己的手掌拍到自己皮肉的时节。那个苍蝇又会安然地,闲逸地飞向另外的所在去了。

“嗡嗡,嗡嗡,嗡嗡……”

旅客们每人捧着一个饿瘪了的肚子走向道旁打尖的小饭馆,俨然是钻进了苍蝇的王国。在一阵骚动之后,眼快翅快的苍蝇们,早又检定它所喜爱的部分落脚;于是乘着旅客匆忙地装满自己的肚子的时节,它们也乘机装满自己的肚子。一个不小心落进汤碗或菜盘里,就连同满胸未酬的壮志,死了自己,也糟踏了别人的食物。

苍蝇并不只是一种,有麻而大的,有金头绿身看起来仿佛有八面威风的生物。其实说起来不过肚子里多装一点蛆虫而已,表面却像煞有介事的样子,而且飞起来嗡嗡的声音又特别大,和人与物相撞,也不至于自己先就昏厥。本来是的,当这荒乱的年月,能养得那么肥壮,自然也不是一桩容易的事啊,何况在太阳光下,飞起来灿烂夺目,俨然是一方长了翅膀的宝石,不会使人一下就想到是那么污秽,可恶的东西。凸出两只大眼睛,又像戴了一付厚玻璃的眼镜,如同一个饱学之士似的。飞起来又平平稳稳,目不斜视道貌岸然的样子,而且停足在任何地方,都是那么不慌不忙,又好像时时都在沉思之中。

人们不是不讨厌它的,最厌恶它那一肚子的蛆虫,果真拍死了,在清洁的衣服上,在手掌上,在头发上,不就会弄得恶心终日,一身都连带得不爽快么?可是它都懂不了这许多,尽自飞着叫着,极像惟我独尊的样子。

“嗡嗡,嗡嗡,嗡嗡……”

在苍蝇群里忽然引起一番争执来,那是关于尊位的问题,小蝇子自然是无分的,它们一生一世不过是为别人助威,为自己图个温饱而已;麻蝇和青蝇却要分个高下。青蝇靠了自己一身的好颜色,就想居群蝇之王;可是麻蝇从鼻子里出气,表示着看不起的样子,还说:

“你不过徒有华美的外表,我可是有学问的人,你不看我一身的麻点,正如同人类的文字,表示我是熟读书史,才能治国的。”

这纠纷从此就起来了,嗡嗡的声音比平时更大更响,谁也不肯服谁,各立门户,颇有互相敌对的样子。可是不知就里的人们,觉得它们更絮烦了,也不管它是麻的是绿的,一下驱散它们,要它们飞到更远更远的地方去。

苍蝇与我

◎林文月

晚餐桌上，有一只不大不小的苍蝇营营地飞来飞去，家人都讨厌它。有人用手挥来挥去，有人用手边的报纸卷成筒状赶它，甚至最后还用苍蝇拍子想把它打死。可是这只苍蝇异常灵活，竟然任谁也拿它没办法。你想对付它的时候，它就销声匿迹，等你坐下来想好好享用餐食的时候，它又不知从何方飞来，俯冲桌面，遥巡于碗盘汤肴之间，实在是狡黠恼人，害大家心神不宁，倒尽胃口。一顿美好的晚餐就因为一只苍蝇而弄得十分不愉快。所幸，那只是家人寻常的晚餐，别无客人，便也暂不与之计较，大家匆匆吃完，收拾碗筷餐具算了。

说来奇怪，等家人吃完饭离席，苍蝇也不知去向，大家仿佛也就把它给忘了。

我家人口虽简单，平时倒也各忙各的，有人在楼上，有人在楼下，彼此甚少干涉。只有吃饭时——尤其晚餐，除非有特殊事情，大家总会聚在那个圆桌周围。不过，晚饭后，则往往各人又有各人的工作或安排。我自己通常是看完电视新闻节目后略事休息，即进入书房看书写作，并不太留意别人的活动。

然而，今夜有些特别，家人都有事要出门。丈夫有牌局，儿子要赶赴音乐会，女儿有朋友在西门町等候，连女佣都说是轮到去庙里拜佛的日子了。

他们先后离去,偌大的房子就只余下我一个人。

这倒也无所谓,读书写作本来就是一个人的事情,这样反而落得清静闲适。我告诉自己:我不怕寂寞,更不怕孤独。

没有电视机散发出来的嘈杂声,甚至连电唱机流露出来的典雅音乐也没有。我享受着一书房的孤寂,从容而悠闲地工作。我真心喜爱这种突然与世隔离的感觉,乃至于完全遗忘时间流逝,待略略感到疲惫时,恐怕已经过了两个钟头罢。

我站起来,伸一伸腰肢,觉得需要活动一下筋骨,便摸索着走到楼上。原来,他们走时把灯火全都关熄掉了。我虽然喜欢孤寂,却并不爱黑暗,所以把卧室和走廊的电灯一一打开,使灯火通明。于是,忽然瞥见走廊尽头那个穿衣镜中自己的身影,看到与自己完全一样的身影在对面,竟有一种奇异的感觉,仿佛那不是自己而是一个伴侣似的。

我听着拖鞋碰触磨石子楼梯的声响下楼。

觉得有些渴,便去冰箱倒了一杯冰红茶。不想回到书房继续工作,索性就在饭厅细啜起茶水来。想到方才家人围坐在此谈笑饮食的情景;而今灯火依旧明亮,却只有我一个人独据圆桌一隅,直如梦幻,不可思议。

我大概是有一会儿工夫心不在焉的罢,抑或是太专注在想一些甚么事情,所以没有注意到苍蝇的存在;也可能是它太安静,没有引起我的注意。它在净白的桌面上,离我三尺许远处,看来就像个黑点,顶多也只像一颗遗落的瓜子,不像是一只苍蝇,尤其更不像方才那只狡黠嚣张的苍蝇。

我蹑足去取来苍蝇拍子。心想,现在要打死它,应该比较容易,也不必担心会打翻桌上的汤肴碗盘。于是,屏住气悄悄地举起那绿色塑胶制的苍蝇拍子。对于苍蝇、蚂蚁一类可恶的小虫,我从来既不同情也不害怕;对于毛虫、蟑螂之属,虽然也同样地憎恨,却不免有些害怕的心理;至于像蛤蟆、老鼠辈,却是亦恨亦惧,不要说想打死它们的念头不敢有,连死的都怕看见。我大概是相信人为万物之灵,一切有害于人者皆可歼灭,却又有些欺小怕大之嫌。

自忖在举起苍蝇拍子之时,平时所自恃的仁慈心已消失殆尽,恐怕全身已充满了杀气。我准备与苍蝇展开一场轰轰烈烈的追捕厮杀,而后将其置诸死地。然而,出乎意料的,它竟然像白纸上的一点墨迹,一动也不动地停留在原处。

我缓缓地放下武器。倒非突然对敌人产生怜悯宽恕或爱心——我说过,我是憎恨苍蝇的,只是,面对着全然不抵抗也不逃避的敌人,斗志急速地冷却了。

慢慢地,好奇心取代了憎恶,我坐下来观察苍蝇。

这一只苍蝇应该就是晚餐时乱飞乱闯的那一只罢?我是由那不大不小的形体猜测判断的。何况,窗上全都安装着细纱网,防范甚严,平时家中难得会飞进苍蝇来,所以应该不会是另外的一只苍蝇才对。可是,我发现自己对于苍蝇的认识实在太少,如何辨别两只苍蝇之间的异同呢?这种微不足道的昆虫,其实或许也有各自的面貌身段特色,只是大部分的人都像我这般自以为是,把它们看作一个样子也说不定。不知道从苍蝇眼中看出来的人类是否也是一个模样呢?或许它所看到的我,也只是一个"人"而已。

苍蝇与我各据一端,面面相觑。

我注意到,它其实并不是完全静止,正一刻不停地搓动着细细的足部。这种动作令我记起小林一茶的俳句:

莫要打哪，苍蝇在搓着它的手，搓着它的脚。

短短十七个拼音字写成的小诗，如此趣味无穷，真正形容出眼前的情状来。不过，与一茶的温厚心境相比，我自觉方才的心境多么残酷，倒有些羞愧起来。

苍蝇一动也不动。与先前的飞扬跋扈判然相异。许是飞累了，需要休息的罢？

我也有点累。持续两个钟头的精神专注，未必比劳动四肢轻松。我和苍蝇一样的累，所以决心要好好休息一下。

我们之间仍然维持着三尺许的距离。这样的距离最适宜，既有安全感，又彼此看得清楚。它依旧一边不停地搓手搓脚，一边观察着我；不知道把我看作什么样的人？

夜已深沉，家人都未回来。除了壁上电钟规律的滴答声外，远处偶然传来车辆疾驶而过的声音。偌大的房子里，只有苍蝇与我。

忽有电话铃响，我急速起身去接朋友的电话，愉快地谈笑。挂回电话以后，更径自忙许多的事，根本把苍蝇遗忘了。

翌晨，我进书房清理昨夜零乱摊放的书籍和稿件等杂物，却赫然发现台灯左侧有一个黑点。细看，竟是一只死苍蝇。它的身体倒翻了过来，两排细腿朝上蜷曲着。由那不大不小没有特色的形态判断，我知道那必是昨夜陪伴我的苍蝇无疑，遂有一种如今只有我自已明白的孤寂之感袭上心头。

苍蝇向何处而飞

◎毕淑敏

通过超高速摄影，然后慢速回放，可以观察到苍蝇起飞的那一瞬，是猛然间向后飞翔。

从小，我就知道自己是个笨手笨脚的女孩。最显著的证据就是我——打不到苍蝇。看那家伙蹲在墙上，傲慢地搓着手掌，翅膀悠闲地打着拍子，我咬牙切齿地用苍蝇拍笼罩它，屏气，心跳欲炸。长时间瞄准后猛然扑下，苍蝇却轻盈地飞走了，留下惆怅的我，欲哭无泪，悔恨自己竟被一只苍蝇打败。

甚至我第一次有意识说谎，也同苍蝇有关。

每年夏天，少先队都要开展打苍蝇比赛，自报数字。面对着同学们几十上百的战果，我却只能报出寥寥几个，惭愧无比。想打杀更多苍蝇的心愿火烧火燎，但我遇到的苍蝇都狡猾无比，无论我瞄准多长时间，它必能抢在拍落之前起飞逃窜，且定可逃脱。绝望之中，我确信自己先天性手脚搭配失灵，不然为什么人人都能轻易做到之事，在我如此艰难？为了面子好看，我开始虚构消灭苍蝇的数字，幸亏我学习不错，又是大队长，信誉还凑合，以至没人怀疑。可说了假话，终是恐惧，为了心理安稳些，下次看到苍蝇，我就闭着眼睛把蝇拍砸下，然后并不看打到没有，扬长而去。这样报数时，压力轻些。

后来当兵，射击训练时，手抖得像得了老年震颤症，三点无论如何瞄不成一线。老兵宽慰地说这对新兵很正常,练练就好,没什么稀奇。但我羞惭不已,四处检讨自己笨。内心想的是提前制造舆论,为实弹射击吃鸭蛋埋下伏笔,让大伙先有个思想准备,觉得本人打不中靶子理所当然。虽然后来我的射击成绩是“优”,开展争特等神枪手运动时,还是知趣地逃之夭夭。我固执地认为,那次好成绩纯属偶然,先天缺陷无药可治。

实习军医时,外科主任说,我看你反应快,素质好,培养你成为外科一把刀如何?那时学员之间流传着:金外科,银内科,破铜烂铁妇儿科……女生能被外科权威挑中,是天大的福气。但我毫不迟疑地拒绝了,胡乱找了一个理由,说我晕血,不喜欢外科。其实内心真正的恐惧是——外科讲究心灵手巧,我是一个连苍蝇都打不死的人,怎么能成为出色的女外科医生呢?还是知难而退吧。

多少年来,凡是需要手眼配合的关头,我都自觉地退避三舍。哪怕是学气功和防身武术,心中热望,迫切报名,最后关头均以退出告吹。解嘲道,我很笨,肯定学不好,甭浪费老师时间吧。

我尽量地躲避需要身体运动的技术,怕自己像打不到苍蝇一般,在众人面前丢丑。因为这种遮掩退避,在漫长的岁月里,我的手脚果真变得越来越笨了。

人到中年,突然在一篇科普文章中看到,通过超高速摄影,然后慢速回放,可以观察到苍蝇起飞的那一瞬,是猛然间向后飞翔。如果你想准确地命中苍蝇,就要瞄准它的后方……

没人知道,这行简单字迹给我带来了多么大的震撼和心灵救赎。那一刻,几乎热泪盈眶。

我明白了,打飞苍蝇,不在动作笨拙,而是大脑无知。因为求胜心切,所以长时间地瞄准,惊动了苍蝇,失去了就地歼敌的良机。紧接着,在运动战中杀灭对方的意图,又因错误判断苍蝇是向前飞行,导致屡战屡败。

一个简明的道理,搞懂它,用去数十年。

那只想象中的巨蝇,横亘在我人生旅途上,不止一次强烈地干扰了我的重大决策。我从未对人谈起过这只苍蝇,但我知道,它阴险地活跃在我的自我判断中,让我自卑,催我退缩,它使我自动放弃许多学习各种事物的成长机会,又成了我姑息自己推诿责任倚靠他人不肯努力的挡箭牌和遮羞布。

我剖析自己,思考良久。

人们容易夸大自己的成绩和优点,沾沾自喜。这虽然不明智,起码尚好理解。但我们有时夸大自己的失误和缺陷,甚至以此为矛,振振有词,究竟是为什么?

我们习惯一事当前,先为自己布下巧妙逃遁的理由。我们善于发挥悲哀的想象力,制造可资逃避的借口。我们不断把一些后天的弱点归结为遗传的天性,以洗脱自身应负的责任。我们没有勇气针对瑕疵自我解剖,便推诿于种种客观和大自然的不可抗拒之力。

这一切的核心是怯懦。自身的敌人,也需有正视和砍刈的英雄气概。

从那以后,我击打苍蝇几乎是百发百中了。但由于多年退避的惯性,我于需要用手操作的场合,还是十分笨拙。我知道,那只嗡嗡作响的巨蝇,并不甘心退出它寄居了数十年的巢穴。由于我以往的姑息养奸,它已尾大不掉。

举起思想中的蝇拍,瞄准它,扣紧它的后方。无论它起飞还是降落,都力争消灭它,是我毕生的一件活儿了。

黄蜂筑巢

◎周涛

到了霜降的时候,黄蜂陆续坠落阳台了。一只又一只,总是不断地出现,却又不会大批地同时死亡,有时候扫地,扫帚前面就蠕动着一两只。

秋日的阳光温厚无力地照耀着,像摊开四肢时缓缓输送的血脉。秋的日子将尽,前面似有一堵无力逾越的无形的墙,在秋风的驿马来往传送急件的时候,挡住了那些没有办好移民文件的小生命。

黄蜂的家族里,大部分没有办好移往冬天的手续。在阳台上,我听见一个细嗡嗡的声音说:生活着多么好啊,但是我们,只有一死了。

我听见了这声音,不忍把这只蜂扫进尘土和枯叶里,便用扫帚挑起它,轻轻放到窗台上,它像一个打秋千的小孩一样紧紧抓住扫帚尖,然后落在一片宁静的秋天里。

秋天的阳光罩住这个小小生命,仿佛舞台的灯光罩住一个即将谢幕的芭蕾舞演员,它的翅膀像裙子般垂落,透明地遮住它的小身躯,身躯在阳光下异样地鲜明美丽。

那样的金黄上印着那样的黑纹,仿佛是出自名家之手的套色版画,那金黄应该是晚熟的金皇后玉米颗粒的黄,浸透了阳光的纯金之色,而那黑纹斑,却是无月之夜的浓黑。这两者套印在它的身上，就是夜与昼，生命与死亡，温柔和峻厉，无限与短暂。

它蠕动，欲飞，颤抖，然后停住。仿佛它已经明了生命的期限似的开始整顿自己，用毛茸茸的两只小手收拾整理自己的触须，像吕布拨弄两根长长的花翎那样，认真而又骄傲。那是两根多么漂亮的触须啊，它捋着它，一遍又一遍，如同一个清洁的爱美的人儿。

小家伙！

你原来是如此自爱呢！

可是我们原来是怎么认识你的呢？我原来还以为你是个四处寻衅的亡命之徒呢！你的屁股后面总是挂着一枝毒箭，随时准备刺向仇敌，我以为你是好斗的。黄蜂尾上针么，我至今记得童年捅马蜂窝时，几只毛茸茸的小爪子紧紧扭住鼻子上的毛孔，然后狠狠一刺……至今鼻子还大着。

黄蜂就是马蜂，春天时竟在阳台的墙缝里筑了巢，嗡嗡营营，不时地有起飞和返航，小小的阳台一下成了热闹的空军基地，给一家人造成威胁。如果要想毁掉这个基地和里面的众多“歼击机”也很容易，晚上用一团泥巴糊住墙缝，就全数“闷”死在里面了。但是……何苦呢，毕竟是一些没有攻击过人的小生命，即便是黄蜂，也不忍去荼毒无辜。“到了秋天它们自己就完了。”我说。

从春天到夏天，它们天天从我们的头顶、脸前飞来掠去，人无伤害之心，蜂子也决不主动攻击，连误会也没发生。相安无事之下，我忽然发现了这些小家伙是非常有灵性、非常善解人意的，它们仿佛看得见你的心里没有存着歹意。

后来，我越看越觉出它们的可爱、团结、忙碌，甚至把观察它们的活动当作了我每天的乐趣，金色蜂群仿佛是阳光的锋芒变幻孵化而出的生命，连同那嗡嗡的声音也像是夏日阳光的声音呢……这些一粒一粒的、飞翔的小光芒啊！

再后来，就是寒露、霜降了。

它们挣扎在季节的墙边，坠落在时限的海关前，无限珍惜，异常温柔。它们当中没有一个使用过上天配发给自己的箭。我听见这些陆续坠落阳台的小生命说：生活着多么好啊，但是我们，只有一死了。

明日立冬。明年请务必再来聚会呵，小家伙！

捅马蜂窝

◎冯骥才

爷爷的后院虽小，它除去堆放杂物，很少人去，里边的花木从不修剪，快长疯了！枝叶纠缠，荫影深浓，却是鸟儿、蝶儿、虫儿们生存和嬉戏的一片乐土，也是我儿时的乐园。我喜欢从那爬满青苔的湿漉漉的大树干上，取下一只又轻又薄的蝉衣，从土里挖出筷子粗肥大的蚯蚓，把团团飞舞的小蠓虫赶到蜘蛛网上去。那沉甸甸压弯枝条的海棠果，个个都比市场买来的大。这里，最壮观的要数爷爷窗檐下的马蜂窝了，好像倒垂的一只大莲蓬，无数金黄色的马蜂爬进爬出，飞来飞去，不知忙些什么，大概总有百十只之多，以致爷爷不敢开窗子，怕它们中间哪个冒失鬼一头闯进屋来。

“真该死，屋子连透透气儿也不能，哪天请人来把这马蜂窝捅下来！”奶奶总为这个马蜂窝生气。

“不行，要蜇死人的！”爷爷说。

“怎么不行？头上蒙块布，拿竹竿一捅就下来。”奶奶反驳道。

“捅不得，捅不得。”爷爷连连摇手。

我站在一旁，心里却涌出一种捅马蜂窝的强烈欲望。那多有趣！当我给这个淘气的欲望鼓动得难以抑制时，就找来妹妹，乘着爷爷午睡的当儿，悄悄溜到从走廊通往后院的小门口。我脱下褂子蒙住头顶,用扣上衣扣儿的前襟遮盖下半张脸,只露一双眼。又把两根竹竿接绑起来,作为捣毁马蜂窝的武器。我和妹妹约定好,她躲在门里,把住关口,待我捅下马蜂窝,赶紧开门放我进来,然后把门关住。

妹妹躲在门缝后边,眼瞧我这非凡而冒险的行动。我开始有些迟疑,最后还是好奇战胜了胆怯。当我的竿头触到蜂窝的一刹那,好像听到爷爷在屋内呼叫,但我已经顾不得别的,一些受惊的马蜂轰地飞起来,我赶紧用竿头顶住蜂窝使劲摇撼两下,只听“通”,一个沉甸甸的东西掉下来,跟着一团黄色的飞虫腾空而起,我扔掉竿子往小门那边跑,谁料到妹妹害怕,把门在里边插上,她跑了,将我关在门外。我一回头,只见一只马蜂径直而凶猛地朝我扑来,好像一架燃料耗尽、决心相撞的战斗机。这复仇者不顾一死而拚死的气势使我惊呆了。我抬手想挡住脸,只觉眉心像被针扎似的剧烈地一疼,挨蜇了!我捂着脸大叫。不知道谁开门把我拖进屋。

当夜,我发了高烧。眉心处肿起一个枣大的疙瘩,自己都能用眼瞧见。家里人轮番用了醋、酒、黄酱、万金油和凉手巾把儿,也没能使我那肿疮迅速消下去。转天请来医生,打针吃药,七八天后才渐渐复愈。这一下好不轻呢!我生病也没有过这么长时间,以致消肿后的几天里不敢到那通向后院的小走廊上去,生怕那些马蜂还守在小门口等着我。

过了些天,惊恐稍定,我去爷爷的屋子,他不在,隔窗看见他站在当院里,摆手招唤我去,我大着胆子去了,爷爷手指窗根处叫我看,原来是我捅掉的那个蜂窝,却一只马蜂也不见了,好像一只丢弃的干枯的大莲蓬头。爷爷又指了指我的脚下,一只马蜂!我惊吓得差点叫起来,慌忙跳开。

“怕什么,它早死了!”爷爷说。

仔细瞧,噢,原来是死的。仰面朝天躺在地上,几只黑马蚁在它身上爬来爬去。

爷爷说:

“这就是蜇你的那只马蜂。马蜂就是这样,你不惹它,它不蜇你。它要是蜇了你,自己也就死了。”

“那它干吗还要蜇我呢,它不就完了吗?”

“你毁了它的家,它当然不肯饶你,它要拚命的!”爷爷说。

我听了心里暗暗吃惊。一只小虫竟有这样的激情和勇气。低头再瞧瞧这只马蜂,微风吹着它,轻轻颤动,好似活了一般。我不禁想起那天它朝我猛扑过来时那副视死如归的架式;与毁坏它们生活的人拚出一死,真像一个英雄……我面对这壮烈牺牲的小飞虫的尸体,似乎有种罪孽感沉重地压在我心上。

那一窝马蜂呢,无家可归的一群呢,它们还会不会回来重建家园?我甚至想用胶水把这只空空的蜂窝粘上去。

这一年,我经常站在爷爷的后院里,始终没有等来一只马蜂。

转年开春,有两只马蜂飞到爷爷的窗檐下,落到被晒暖的木窗框上,然后还在过去的旧窠的残迹上爬了一阵子,跟着飞去而不再来。空空又是一年。

第三年,风和日丽之时,爷爷忽叫我抬头看,隔着窗玻璃看见窗檐下几只赤黄色的马蜂忙来忙去。在这中间,我忽然看到,一个小巧的、银灰色的、第一间蜂窠已经筑成了。

于是,我和爷爷面对面开颜而笑,笑得十分舒心。我不由得暗暗告诉自己:再不做一件伤害旁人的事。

(1982 年 11 月 17 日)

中国究有臭虫否

◎林语堂

臭虫大约古已有之。考之古籍,无所谓臭虫,而有所谓猖蝨(又作虱,作蚤,三字通)。或者虱就可包括臭虫,所以不另造一字。但是古之所谓虱,似多是跳蚤,见人身上者,可以入赋,入诗,入文,而床上臭虫则少有吟咏之者。如王猛扪虱而谈,明明是在身上捉来,王荆公入朝“御览”的虱,也是正爬在荆公须上,所以可邀御览,“上顾而笑”。据阮籍说,则虱系处“裈中”,不敢离缝际,“犹君子之自以为得绳墨”(见《论语》第一期)。抱朴子屡言虱,然既言“夫虱生于我,我非虱之父母,虱非我之子孙”,可见也是指人身跳虱的一种。韩非子的虱,是生在豕上开辩论会,料与人身之虱,大同小异。淮南言“汤沐具而虮虱相吊”,也是指人身上的虱而言。至于王充谓“人生天地之间,犹蚤虱之在衣裳”,更明白是身上之虱,而非床上之臭虫。虱之见于床上者,比较的少,如苏隐闻被下有数人齐念《阿房宫赋》声,急而开被视之,惟得虱十余枚,其大如豆(见《清异志》)。最早恐怕还是宋朝朱敦儒(卒时约一一七五年),《樵歌》中有“饥蚊饿蚤不相容,一夜何曾做梦”之句,颇近臭虫,或是可以假定便是臭虫。至郑板桥“九九八十一,穷人受罪毕,才得放脚眠,蚊虫虱虫出”。这已经是十八世纪乾隆时代了。且被中之虱,扰眠之虱,皆不能证明确是臭虫,而非跳虱。惟李商隐《虱赋》,谓其“回臭而多,跖香而绝”,似虱可有臭味,或可指臭虫。总之,臭虫在古代之有无,无明证。

所以我们可以放开远代,而讨论今日臭虫之有无。关于此问题,个人因有读书涵养,所以也没有什么意见。但是报端席上,每每听人议论,却觉得各种意见都有——由于极右派之辜鸿铭,张宗昌,至于道士,和尚,中外学者如胡适之,罗素,所及最左倾的党部人员,都有他的意见。这些意见,很值得研究,贝根曾谓人之思想,受各种偏见“偶像”所蔽囿,如“酋族的偶像”,“穴洞的偶像”,“市井的偶像”,“戏台的偶像”(指种族的偏见,个人的偏见,俗套的偏见,哲理的偏见)。我们可由对这繁难解决的问题各方的态度,看出这各种偶像形形色色的表示。

为避免空论起见,假定在某高等华人寓中的中西士女宴会席上,忽有一只臭虫,明目张胆地,由雪白洁亮的沙发套出席。这种事情,是在各国人家都可有的,无论英美法意俄,但是我们不妨假定是中国人家,因为我们在中国,有一位善操英语的高等华人首先发见,为爱国观念所冲动,决心去坐在沙发上,碰一碰造化,或者可用屁股之力硬把这臭虫压死,不然便只好(这比较可能)为争国家体面而秘密受这臭虫的咀嚼。可是祸不单行,一只出来,另一只,成群结队,蠕蠕而动,由是女主人面红耳赤,全场动容,而我们可以充分证明:在中国某城之某一人家有臭虫的铁案。于是我们可以听见以下关于中国究有臭虫否的意见,大约可分为以下十类。

第一类,(辜鸿铭)“中国有臭虫,固然,但是这正足以证明中国之精神文明。只有精神文明的民族,才不沐浴,不顾物质环境”。按,依此说,用扬州马桶者,比用抽水马桶者精神文明。

第二类:(爱国者)“中国有臭虫便如何?纽约,伦敦,维也纳,蒲达配司脱(见本期宋春舫先生文)也有臭虫。其实,这几城中有的臭虫很著名。这不算什么耻辱。”这是“东方文化家”,“神州国光家”,“国粹家”及“亚洲大同盟家”的态度。张宗昌曾在日本温泉发见臭虫,大喜,从此与人谈时,每以此为中国文明高尚之证。

第三类:(哥伦比亚博士)“哥伦比亚大学也有臭虫。所以中国若没有臭虫,便是野蛮民族。不但此也,美国臭虫的身段色泽都比中国臭虫好。所以应该捉一只,尤其是加尼福尼亚产的,带回放在中国床上传种。”

第四类:(帝国主义者)“什么!中国有臭虫?我们英国没有臭虫。我要求治外法权。”

第五类:(西方教士)“中国每省每城家家户户都有臭虫。我亲眼看见的。所以你们应该捐款让我到中国用耶稣的道理替他们灭虱。”

第六类:(中国外交官如朱兆莘之流)“什么?胡说!中国没有臭虫,我以我的名誉为誓告诉你。这些都是谣传,神经作用。”按朱兆莘会在日内瓦宣称中国鸦片绝种已经十年。我们不能怪他,因为他在奉行外交的职务。英法各国代表所为,也是如此。

第七类:(党部)“不要提起这件事。谁敢提起,我们便给他一个警告。他不爱国。”

第八类:(道士,和尚)“不要扰我的清眠,或是不要误我的禅机。如果我受臭虫咬而能仍然快乐,甚至悟禅证道。管他做甚?”罗素听了,倒也点头微笑。朱希真在樵歌早已坚决表示此态度了：

穷后常如囚系，
老来半似心风。
饥蚊饿蚤不相容，
一夜何曾做梦？
被我不扇不捉，
廓然才是虚空。
寺钟官角任西东，
别弄些儿古董！

第九类：(胡适之及自由主义者)“捉臭虫！再看有没有？”西方自由主义者也齐声附和唱道：“是的，有臭虫，就得捉，不论国籍，性别，宗教，信仰。”

第十类：(论语派中人)“你看这里一只硕大肥美的臭虫，你看他养得多好！太太，昨夜他吮的是不是你的血？我们大家来捉臭虫，捉到大的，肥的，把他撮死，真好玩！”

这时我的女主人，最多只能答道：“林先生，你长这么大了，也不害臊！”

虱子

——草木虫鱼之二

◎周作人

偶读罗素所著的《结婚与道德》,第五章讲中古时代思想的地方,有这一节话:

"那时教会攻击洗浴的习惯,以为凡使肉体清洁可爱好者皆有发生罪恶之倾向。肮脏不洁是被赞美,于是圣贤的气味变成更为强烈了。圣保拉说,身体与衣服的洁净,就是灵魂的不净。虱子被称为神的明珠,爬满这些东西是一个圣人的必不可少的记号。"我记起我们东方文明的选手辜鸿铭先生来了,他曾经礼赞过不洁,说过相仿的话,虽然我不能知道他有没有把虱子包括在内,或者特别提出来过。但是,即是辜先生不曾有什么颂词,虱子在中国文化历史上的位置也并不低,不过这似乎只是名流的装饰,关于古圣先贤还没有文献上的证明罢了。晋朝的王猛的名誉,一半固然在于他的经济的事业,他的捉虱子这一件事恐怕至少也要居其一半。到了二十世纪之初,梁任公先生在横滨办《新民丛报》,那时有一位重要的撰述员,名叫扪虱谈虎客,可见这个还很时髦,无论他身上是否真有那晋朝的小动物。

洛威(R. H. Lowie)博士是旧金山大学的人类学教授,近著一本很有意思的通俗书《我们是文明么》,其中有好些可以供我们参考的地方。第十章讲衣服与时装,他说起十八世纪时妇人梳了很高的髻,有些矮的女子,她的下巴颏儿正在头顶到脚尖的中间。在下文又说道:

“宫里的女官坐车时只可跪在台板上,把头伸在窗外,她们跳着舞,总怕头碰了挂灯。重重扑粉厚厚衬垫的三角塔终于满生了虱子,很是不舒服,但西欧的时风并不就废止这种时装。结果发明了一种象牙钩钗,拿来搔痒,算是很漂亮的。”第二十一章讲卫生与医药,又说到“十八世纪的太太们的头上成群的养着虱子”。又举例说明道:

“一三九三年,一个法国著者教给他美丽的读者六个方法,治她们的丈夫的跳蚤,一五三九年出版的一本书列有奇效方,可以除灭跳蚤,虱子,虱卵,以及臭虫。”照这样看来,不但证明“西洋也有臭虫”,更可见贵夫人的青丝上也满生过虱子。在中国,这自然更要普遍了,褚人获编《坚瓠集》丙集卷三有一篇《须虱颂》,其文曰:

“王介甫王禹玉同侍朝,见虱自介甫襦领直缘其须,上顾而笑,介甫不知也。朝退,介甫问上笑之故,禹玉指以告,介甫命从者去之。禹玉曰,未可轻去,愿颂一言。介甫曰,何如?禹玉曰,屡游相须,曾经御览,未可杀也,或曰放焉。众大笑。”我们的荆公是不修边幅的,有一个半个小虫在胡须上爬,原算不得是什么奇事,但这却令我想起别一件轶事来,据说徽宗在五国城,写信给旧臣道,“朕身上生虫,形如琵琶”。照常人的推想,皇帝不认识虱子,似乎在情理之中,而且这样传说,幽默与悲感混在一起,也颇有意思,但是参照上文,似乎有点不大妥帖了。宋神宗见了虱子是认得的,到了徽宗反而退步,如果属实,可谓不克绳其祖武了。《坚瓠集》中又有一条《恒言》,内分两节如下：

“张磊塘善清言，一日赴徐文贞公席，食鲳鱼鳇鱼。庖人误不置醋。张云，仓皇失措。文贞腰扪一虱，以齿毙之，血溅齿上。张云，大率类此。文贞亦解颐。”

“清客以齿毙虱有声，妓哂之。顷妓亦得虱，以添香置炉中而爆。客顾曰，熟了。妓曰，愈于生吃。”

这一条笔记是很重要的虱之文献，因为他在说明贵人清客妓女都有扪虱的韵致外，还告诉我们毙虱的方法。《我们是文明么》第二十一章中说：

“正如老鼠离开将沉的船，虱子也会离开将死的人，依照冰地的学说。所以一个没有虱子的爱斯吉摩人是很不安的。这是多么愉快而且适意的事，两个好友互捉头上的虱以为消遣，而且随复庄重地将它们送到所有者的嘴里去。在野蛮世界，这种交互的服务实在是很有趣的游戏。黑龙江边的民族不知道有别的更好的方法，可以表示夫妇的爱情与朋友的交谊。在亚尔泰山及南西伯利亚的突厥人也同样的爱好这个玩艺儿。他们的皮衣里满生着虱子，那妙手的土人便永远在那里搜查这些生物，捉到了的时候，咂一咂嘴儿把它们都吃下去。拉得洛夫博士亲自计算过，他的向导在一分钟内捉到八九十匹。在原始民间故事里多讲到这个普遍而且有益的习俗，原是无怪的。”由此可见普通一般毙虱法都是同徐文贞公一样，就是所谓“生吃”的，只可惜“有礼节的欧洲人是否吞咽他们的寄生物查不出证据”，但是我想总也可以假定是如此罢，因为世上恐怕不会有比这个更好的方法，不过史有阙文，洛威博士不敢轻易断定罢了。

但世间万事都有例外，这里自然也不能免。佛教反对杀生，杀人是四重罪之一，犯者波罗夷不共住，就是杀畜生也犯波逸提罪，他们还注意到水中土中几乎看不出的小虫，那么对于虱子自然也不肯忽略过去。《四分律》卷五十《房舍犍度法》中云：

"于多人住处拾虱弃地，佛言不应尔。彼上座老病比丘数数起弃虱，疲极，佛言听以器，若毳，若劫贝，若敝物，若绵，拾着中。若虱走出，应作筒盛。彼用宝作筒，佛言不应用宝作筒，听用角牙，若骨，若铁，若铜，若铅锡，若竿蔗草，若竹，若苇，若木，作筒，虱若出，应作盖塞。彼宝作塞，佛言不应用宝作塞，应用牙骨乃至木作，无安处，应以缕系着床脚里。"小林一茶（一七六三——一八二七）是日本近代的诗人，又是佛教徒，对于动物同圣芳济一样，几乎有兄弟之爱，他的咏虱的诗句据我所见就有好几句，其中有这样的一首，曾译录在《雨天的书》中，其词曰：

"捉到一个虱子，将它掐死固然可怜，要把它舍在门外，让它绝食，也觉得不忍，忽然想到我佛从前给与鬼子母的东西，成此。

"虱子呵，放在和我味道一样的石榴上爬着。"

（注，日本传说，佛降伏鬼子母，给与石榴实食之，以代人肉，因榴实味酸甜似人肉云。据《鬼子母经》说，她后来变为生育之神，这石榴大约只是多子的象征罢了。）

这样的待遇在一茶可谓仁至义尽，但虱子恐怕有点觉得不合式，因为像和尚那么吃净素他是不见得很喜欢的。但是，在许多虱的本事之中，这些算是最有风趣了。佛教虽然也重圣贫，一面也还讲究——这称作清洁未必妥当，或者总叫作"威仪"罢，因此有些法则很是细密有趣，关于虱的处分即其一例，至于一茶则更是浪漫化了一点罢了。中国扪虱的名士无论如何不能到这个境界，也决做不出像一茶那样的许多诗句来，例如——

“喊，虱子呵，爬罢爬罢，向着春天的去向。”

实在译不好，就此打住罢。——今天是清明节，野哭之声犹在于耳，回家写这小文，聊以消遣，觉得这倒是颇有意义的事。

（民国十九年四月五日，于北平）

附记

友人指示，周密《齐东野语》中有材料可取，于卷十七查得《嚼虱》一则，今补录于下：

“余负日茅檐，分渔樵半席，时见山翁野媪扪身得虱，则致之口中，若将甘心焉，意甚恶之。然揆之于古，亦有说焉。应侯谓秦王曰，得宛临，流阳夏，断河内，临东阳，邯郸犹口中虱。王莽校尉韩威曰，以新室之威而吞胡虏，无异口中蚤虱。陈思王著论亦曰，得虱者莫不劘之齿牙，为害身也。三人皆当时贵人，其言乃尔，则野老嚼虱亦自有典故，可发一笑。”

我尝推究嚼虱的原因，觉得并不由于“若将甘心”的意思，其实只因虱子肥白可口，臭虫固然气味不佳，蚤又太小一点了，而且放在嘴里跳来跳去，似乎不大容易咬着。今见韩校尉的话，仿佛基督同时的中国人曾两者兼嚼，到得后来才人心不古，取大而舍小，不过我想这个证据未必怎么可靠，恐怕这单是文字上的支配，那么跳蚤原来也是一时的陪绑罢了。

（四月十三日又记）

床虱[1]

◎黄苗子

我这个人虽不算绝顶聪明，可一般也不太傻。比如说，看了敦煌壁画中描写一个王子因为看见老虎饿得要死，就自己跳下岩去“舍身”，把身体喂饱了那饿虎的事，至少我是不愿意干的。虽然我还从未遇到一个三岁娃娃横过火车正在驶来的铁轨这一瞬间，因此我还无从考验我有无勇气扑过去推开孩子，自己“舍身”在火车下那种崇高的、毫不利己的精神。

我之所以不想“舍身”喂虎，是因为从小就知道老虎是“坏人”，它吃人，除了把它关起来在马戏班表演，哄哄孩子之外，老虎对人一无是处（当然你如患过风湿症，你会说虎骨酒还有点用处，可是那不是活的老虎）。而救孩子呢，那你可以举出百十种理由，虽然你当时想的，可能只是一种：对人类的感情。

在我的一辈子中，我也曾有一个时期做过那王子所做差不多的“慈悲”的、愚蠢的舍身行为。但那不是我自愿的，而是十分无可奈何的一种大慈大悲。

也就是在那个“史无前例”的日子，我曾被投入四面是墙，门口站“警卫员”的所在。“警卫员”，这里需要略加说明：他们

---

① 查《辞海》，臭虫一名荐蝇，一名床虱，以《臭虫》做题目，老伴嫌太俗，荐蝇这个怪名没人懂，因以《床虱》为题焉。

并不是为了我去“警卫”别人，而是别人派来“警卫”我的——我只是被“警卫”的对象。

最初，我以为这个所在只是我一个人活着，铺板、铁窗，全是死寂的东西，太寂寞了。可是天黑之后，我始而彷徨，继而恐怖：

“还有我们！”

“我们！”

“我们！”……

诸位，我遇到的不是鬼(鬼不是活的，不可怕)，我接触到的不是声音，而是巡回在我的身体上的爬挲动作，原在这个密不通风的小天地，除我之外，还生息着无数生灵，它们是——臭虫！

臭虫，我以前也见过，我不应大惊小怪，但是你尝过成千上万臭虫永无休止地向你一个人袭击的滋味吗？

不知道因为我是“要犯”而把我隔离，还是因为我是“嫌疑犯”而对我优待，总之我是一个人一个单间。据说这里的铺板是睡六个人的——换句话说：应当由六个人分担的被“吃”，现在由我一个人来承担了。古时候大神的酒牲，还分别由马、牛、羊这躯体庞大的“三牲”来献享呀，何况牺牲，还是早已宰割过，早已没有知觉了的呢！

明知道“古人韩愈写了《祭鳄鱼文》就起到了驱逐鳄鱼的作用”，这是彻底的撒谎，因此当时，我也不想写《祭臭虫文》。

我无可奈何地、一天一天地熬下去，正像元曲里说的，“消瘦了沈郎腰、潘郎鬓”！但我却意味不到臭虫在我身上，每晚到底吸去多少血。

然而我到底不是一个彻底的消极主义者，我那时天天在读经典著作，知道“知己知彼，百战不殆”，以及调查研究是解决问题的首要条件等等唯物主义法则，于是我就运用到臭虫身上。

我起初发现，把臭虫按死在铺板上是百发百中的，可是它在墙上爬，你有再大的本领还是难于逮住它，你明明看准了，用指头往下一按，结果是——不见了！经过几个月的实践和观察，我才发现臭虫的脚原来跟壁虎一样，在立面上爬行时能够用足趾吸附在物体上，但当它感觉到受袭击时，便立刻弹跳到地面去，你就无从按住它。当我意外地发现这个秘密时，我随后就用右手承堵在下面，然后用左手中指按在墙上，这一来，我的敌人就乖乖地跳入我的右手掌中。

臭虫一般不在床板面上做窠，而在底部，它发现这样更安全些。你不要以为臭虫的喙只能插入柔软皮肤里吸血，不是的，它比钢钻还厉害，能够把床板、墙壁啃出很深的窟窿和沟缝，它们的“住宅区”，就是凭这张铁嘴一口一口地啃出来的。当我发现床上和墙壁上，臭虫在那里挖洞产卵时，（一个母臭虫一年产卵三四次，一次就产卵五十枚！）我曾用饭粒和窝窝头封堵住那些洞，但第二天，轻而易举地就被它们搬掉了。

那时我真感到遗憾：第一没有昆虫学的基本知识，第二缺少观察和培养臭虫的科学仪器，因此我无法完成一篇对生物学界具有重大贡献的科学论文。不然，我今天也许已成为生物学博士。

按照我当时的身份，是无法向我的“警卫员”提出消灭臭虫的强烈要求的。但大约一年半以后的一个夏天，当我拖着如柴的瘦骨（现在，朋友们都承认我是个“老胖子”）“放风”回来之后，发现房内充满敌敌畏的气味，我知道这是开了恩，第一次用药杀臭虫了。

本来那年月我都还算心情舒畅的，但是当我俯身一望，床底下凝聚了一大摊血和无法计数的臭虫尸体，我立刻感到心情不怎么舒畅，这是长期积聚下来的、我自己身上的血。天哪！谁不愿意把鲜血献给应当贡献的地方呢！

最近，看到黄永玉画的一本以动物为题材的画册，有一页他画了一个臭虫，却幽默地题道：臭虫——“先生，杀死我，不可惜你的血吗？”我当时虽也欣赏这句子的智慧，但心头却似乎泛起一点“山抹微云”那样的轻翳。

跳蚤

◎靳以

跳蚤却真的是传播鼠疫的家伙，它一向吸食人类的血液，当着一发觉有点痒或有点痛的时节，它早已一跳两窜的不见了。人类奈何它不得，所以当着鼠疫流行的时候，人们只得把袜子穿到裤脚的外面，做着消极的抵制，可是那也难保它不一跳两跳地落到颈项里——其实吮吸点血还是小事，把疫菌从老鼠的身上带了来，那才是使人惧怕的，在浮士德中的那个魔鬼梅非斯陀，曾经唱过了一个跳蚤歌：

“从前有一位国王，
畜着一颗大跳蚤
国王将这个东西，
如同儿子般爱好
……”

接着他又唱：

“蚤子现在穿上了，
大鹅毛绒衣和罩袍，
衣上并且有飘带，
十字章也不缺少。
蚤子立时做大臣，

有大星章在辉耀，
他的兄弟和姊妹，
也在朝廷做官僚。
宫中绅士和淑女，
都被蚤子所烦扰。
女士以及宫女们，
都被蚤子所刺咬。
而且不敢伤害它，
痒处也不敢去搔。
但若有蚤咬我们，
我们就把它杀掉！”

于是那合唱又重复了最后两句：

“但若有蚤咬我们，
我们就把它杀掉！”

说是能杀掉跳蚤，我想也是人类的一种夸大，因为它那么小，穷目力所不能见，它又跳得那么快，蹦得那么高，简直是无孔不入，实在很难得对付的。它既不是一个相打的对手，而且又依附在别的事物之上，攀得那么高不可及，微不可察，那可要人类有什么好的方法来应付呢！

除开那天赋的本领，人为的地位之外，它也有高超的智慧。不是在马戏班子里，跳蚤戏也占一项，那么渺小东西，竟可以用细发做缰绳，拖拉起车来了。仿佛还有艺术的修养，不管是怎么一回事，居然也能闻乐起舞，还像是懂得节拍。那时候看的人笑了，因为那个小动物竟能使他心旷神怡，而且那些一见了就使人发痒的东西，现在正吸着那个卖艺人的血。

但是这种种好感，毕竟是暂时的，想到由于它多少人都陷于死亡之中，即使算不得一个对手，人类也把无比愤恨放在它们身上，只是它们跳得那么高那么快，人类的眼睛和手实在是跟不上它们的。

蜘蛛

◎潘小平

小学时代最有趣的玩物之一就是蜘蛛。玩蜘蛛的季节大概是三四月间吧，现在可记不大清楚了。那个时候每人从家里用盒子带了一两只蜘蛛到学校去，趁着还没有上课的当儿，在书桌上引着它们大斗起来，真够味儿。虽然现在这个权利早已让给弟弟他们去了，可是我还很有兴趣来写这篇小文。

蜘蛛的种类很多，有大有小，挂网的方式也大不相同。大的全身黝黑，或灰黑，形状有点像鸭舌帽，如果除掉脚的话。我们管叫它"泥蜘蛛"。它有点像鸟类中的鸿鹄，不与燕雀同群，大模大样在高高的檐唇挂起八卦形的网，网的力量可以缠住一只蜻蜓，正非那些只捉捉蚊虫以至苍蝇的小辈可比也。

还有一种是"老鼠蜘蛛"，这个名也不知怎样给它起的，孩子们都这样叫，其实它并不像老鼠。灰色，样子跟泥蜘蛛差不多，形略长，然其体格之小，只好在泥先生面前认孙子。其实这也并不是"查无实据"的，它们的网形都很相像，看起来它们的老祖宗有点血统关系也说不定。泥蜘蛛的蛋我没瞧过，老鼠蜘蛛却是多产的，蛋扁形，有四只角，里面藏有百几十个小卵珠。它们的殖民地多在屋内：窗边，壁角，床桌底下。

上面两种蜘蛛都不是玩品，泥蜘蛛太大，有点令人害怕，根本就没人玩它。老鼠蜘蛛捉在盒子里不会结网，也就失掉战斗能力。总之这两种我们都不喜欢。我们所谓“正式”的蜘蛛,还是下面一种。

这种蜘蛛我们没有给冠上什么名字,就叫“蜘蛛”。它比老鼠蜘蛛略大一丁点儿,有黄的,有黑的,细看却有些花纹。形略圆。殖民地带跟老鼠蜘蛛差不多,不过略为隐藏一点。所结的网可大不相同了:既不是八卦形的,也不是平面的,纵横乱挂,没有什么秩序,能大能小,所以住在挺小的火柴盒里,也能安居乐业。不过它有一种难移的天性,要倒站着才舒服,比方你把它的蛋放在盒底,它不惯像鸡一样蹲在上面,无论如何辛苦都要搬上盒盖来。所以为避免它的麻烦起见,每要将盒倒置着,倘然你把它放在火柴盒里,则更要留心,若一旦忘记倒置,在开盒的时候,你会把它辗死。它们性情好斗,自相残杀的本领不下于我们贵国的军阀。然而皆要生了蛋才“敢打”,可见它们的母性很强,有如带子的母鸡一样。——写到这里使我想起一件事,它们好像是两性一体的生物,我从来没有看过不生蛋的蜘蛛,反之,你捉来一只小蜘蛛,给它吃得肚子大大的,它就会生卵,而且是“精”的。它们见着就打架,更无夫妻关系可言。这是我积三年养蜘蛛之经验所得的知识,是否确实,手头无动物大辞典,待查。它们最有战斗力的时候,是在刚生了蛋的时候。可是小孩子也有爱惜它们之心,以为母亲“做月”也得吃鸡吃鸭的,一个月才出房门,蜘蛛何独不然?所以总得让它休息一两天才出战场。这叫做“保养元气”云云。

“蜘蛛”的强弱,与肚子大小无关,不像斗蟋蟀,要称过斤两;肚大的固然来势汹汹,步履如泰山般稳重,但是转动不灵,受敌的面积广,每易为轻捷者所乘,跳到后面咬住它的背部或臀部。所以，如果“蜘蛛”国中也有看相术这一部门的话，那是视其足之长短粗细而定：长而粗者强，短而细者弱。

它们打架，普通是用嘴，但也有全用屁股的，就是用两只后脚往屁股上飞快地拉扯，企图用粘丝缠住敌人，这种一下子就使法宝的斗法，颇能吓走一些胆小的敌人，但遇着富有经验、会吃粘丝（化之为水）或者敢死的英雄，冒着弹雨冲上前去，它就无法可想，只好弃甲而逃了。用嘴斗的如果遇着旗鼓相当，拳法同精，大约能支持五分钟之久。这是孩子们最感兴趣的，一个个睁大了眼睛，聚精会神地观战，有时“老师”来了也不知道，以致“英雄”被拿去喂鸡，只好擦擦眼睛怨在心里。

从战斗上也可以看出“蜘蛛”的个性有如人类一般，各各不同。有些忍耐力很强的，虽然被咬断一足，或身部受伤，也还继续作战，企图获得最后的胜利。忍耐力差的，被咬一口就赶紧逃走。最有兴趣的是些外强中干者，开首时虚张声势，想一下就把敌人吓走，有时真个成功了，他就得意非凡，第二次的声势更加雄厚，可是若遇着硬汉，一下吓不走，他自己就慌忙遁去。还有一种老奸巨猾，打败了缩做一团，让自己离丝跌在盒底。诈死，然后乘机逃走。

大概是因为女性比较慈爱的原故吧，女孩子很少玩这一套的。“蜘蛛”可以说是男孩子的专利品了。

（三五.二.二）

敬　　启

因为某些技术上的原因,致使本书的个别作者尚未能联络上。敬请见书后,即与责任编辑联系,以便我们及时奉上样书与薄酬,并敬请见谅。